〔美国〕尤金·奥尼尔◎著
王朝晖 梁金柱◎译

进入黑夜的漫长旅程

图书在版编目(CIP)数据

进入黑夜的漫长旅程/(美)尤金·奥尼尔著;王朝晖,梁金柱译.—福州:海峡文艺出版社,2017.8(2023.9重印)
(诺贝尔文学奖大系)
ISBN 978-7-5550-1178-1

Ⅰ.①进… Ⅱ.①尤…②王…③梁… Ⅲ.①话剧剧本-美国-现代 Ⅳ.①I712.35

中国版本图书馆 CIP 数据核字(2017)第 144544 号

诺贝尔文学奖大系
进入黑夜的漫长旅程

[美国]尤金·奥尼尔 著 王朝晖 梁金柱 译

责任编辑	蓝铃松
出版发行	海峡文艺出版社
经　　销	福建新华发行(集团)有限责任公司
社　　址	福州市东水路 76 号 14 层
发 行 部	0591-87536797
印　　刷	福州俊丰彩印有限公司
地　　址	福州市晋安区鼓山镇鼓一村福光路 189 号
开　　本	889 毫米×1194 毫米 1/32
字　　数	140 千字
印　　张	6
版　　次	2017 年 8 月第 1 版
印　　次	2023 年 9 月第 3 次印刷
书　　号	ISBN 978-7-5550-1178-1
定　　价	76.00 元

如发现印装质量问题,请寄承印厂调换

颁奖辞

瑞典文学院常务秘书 霍尔斯陶穆

尤金·奥尼尔早期的剧作中,很多都带有一种比较阴郁的色彩,这是由于在他的人生经历中,很早就有着悲剧的色彩。

奥尼尔年轻的时候是一名水手,加之他对荣誉并没有过分地追求,使得他并没有像有些名人那样在历史上留下不少的传奇故事——尽管他的一生中确实有过很多的英雄事迹。他的工作非常单调、乏味、艰辛,可正是对这种艰辛生活的体验,让他内心积聚着的力量有了一个倾泻口。生活的锻炼和精神的升华可以说是相互作用的。

奥尼尔身上的悲观主义,一方面是他天性如此,另一方面是由于他对美国当时一支较为流行的文学思潮——乐观主义的反对。对于他悲观主义的源头我们暂且不去谈论,不过却能从中发现它以后的发展道路。因为他身上特有的悲观性格,才能够成为世界知名的剧作家。他笔下描绘的人生百态,是他对生活客观真实的写照,而并非来自他个人的深思。他的剧作不仅表达了对人生强烈而悲观的认识，还描绘出对人生宿命进行挑战的美和快乐。

一如我们所知，原始形态的悲剧，只有得到道德的支撑，才能够具有沉稳的内涵，否则就只能像古代神殿的残骸那般。奥尼尔回归原始，来寻求悲观主义的源头，他对命运有着一种质朴的信仰。在某一个阶段中，他还注重于向作品中倾注生命的力量。

他后期的作品才上升到了一个圆满的境界。而早期的剧作，一般都是通过写实的方式来叙述，不免显得了无趣味，因此，我们这里就不多说。他比较突出的一系列的独幕剧，都是以他的航海经验为题材而创作的，他也因此而获得了人们的关注和认可。

他的这些与航海有关的作品，并不仅仅是因为戏剧本身的题材受到人们的重视，而是由于其短篇小说采用大篇幅对话体这一形式而引起人们瞩目的。例如，他1918年出版的《加勒比群岛之月》，通过比较温暖的基调，把水手生活的辛苦和内心简单纯朴的期盼写了出来。一望无际的海边，傍晚的余晖洒在椰子树和白色珊瑚上，不远处，黑人悲哀婉转的歌声徐徐传来，一轮银月好像从加勒比海面浮上天空，奥尼尔作品中勾画的美丽背景极具诗意。原始质朴的野性、忧郁、渴望、皎洁的月色、孤寂和沉闷，汇成了一个神秘的世界。

在《安娜·克里斯蒂》中，奥尼尔生动形象地记叙了一个水手远离大海来到陆地生活，作品对人物的刻画十分娴熟。在第一幕中，作者采取非常严谨的写实主义手法来记叙。其内容讲述了一个来自瑞典的堕落少女，因为大海而改变了自己，大结局也是开心圆满的。这是唯一一部找不到奥尼尔悲观主义色彩痕迹的作品。

1922年的戏剧《毛猿》也是取材于水手的生活。也正是这部剧作，开始了他表现主义的写作历程，这种表现主义充满了"意念剧"的特征，并试图以此来展现文学和表现主义中含有的造型主义，这项工作是比较困难的，在此我们也不必深谈。所谓的表现主义，就是通过数学的表现形式，将复杂的社会现实简化，在一个扩大的尺度上来表现一个全新的世界。当然，在这个过程中，要尽可能地达到数学般的准确无误，这个过程我们也不必一一细说，我们只需知道，这种表达方式，在全世界风靡了很长一段时间。

《毛猿》是一部关于对抗无情现实和机械文明的巨著，最终以失败而告终。作品中的主角是一个司炉，他一直对自己的力量和高超独特的思想非常自信。从表面上来看，他几乎回归到了原始人的状态，他表现得像是一个崇拜天才行为的野兽。这部剧描写了他对这个无情社会的抗争，以悲剧性的失败而告终。

在这之后的几年时间里，奥尼尔一心一意地研究如何处理观念和社会的问题，并大胆采用表现主义的手法来探讨解决办法。在他这一系列的作品中，和现实的人生几乎没有任何关联，只对诗人和理想家的孤寂进行刻画，并着力描绘他们如何专心致志地追求自己的理想和美梦。

奥尼尔于1920年创作了他一生中极具分量的一部作品——《琼斯皇帝》，他也凭此巩固了自己在文学界中的地位。作品的背景是在西印度群岛中的一个小岛屿上，那里全部都住着黑人，还有一个黑人皇帝。这个黑人皇帝不仅粗暴专制，还非常疯狂。后来，这个皇帝终于被迫从皇帝的位置上下来，沦为平民，并开始了他的逃亡之旅。在逃亡的过程中，身后紧追不舍的鼓声让他陷入了对过去的回忆之中，他的回忆，不是局限于他自身过去的经历，还跨越到非洲本身的黑暗历史中。这部剧中暗含着这样的理论：个人无意识的内在生命是种族进化的渐次阶段的载体。他的这一理论是否科学合理，我们并不评判。不管怎么说，他的这部剧作强烈地吸引了我们的眼球，抓住了我们的内心。

奥尼尔这种完全的"意念剧"数量非常多，而且也各具特色、形式多样，在这里，我们很难一一概说。这些作品的主题也非常丰富，有的是来源于我们的现代生活，有的则是从一些风俗和传说中得到灵感，不过，虽然是如此，这些素材经过作者丰富的想象，都改头换面了。也正因为如此，才使得这些作品演出时能紧绷感情之弦，产生惊人的表达效果，显示出一种永不衰竭的戏剧活力。具体来说，他主要是以人世间的争斗、矛盾和纠纷为主线，来探讨隐含的大道理。他偏好于写的一类作品主题，就是记叙一个人由于外在的压力而导致其自身具有的性格遭到扭曲，从而不得不把自身原有的性格隐藏起来，变得虚伪起来，这就导致了人格上的双重分裂。剧作家的责任就在这里，他们要到人性的最深处去，发现人性中的真相，就像要潜入深海中看清楚阳光照射不到的深海中的鱼那样。奥尼尔的作品，一直都是充满着诗意、含蓄的热情和别有用意的对话。他充分发挥自己的天赋，呕心沥血地创作了大量作品。

他不断在作品的创作过程中进行新的尝试，加入新的元素，从而使他的戏剧比以前多了一丝简朴的色彩。1924年出版的《榆树下的欲望》便是在这方面的尝试。该剧以农村生活为题材，以抨击当时由于清教徒对思想的控制而导致理想主义越发僵硬化为主题。在这部剧作之后，他一直在这条道路上尝试着，并在随后创作出的《悲悼》三部曲上取得了更大的成就。

1928年出版的《奇异的插曲》也写得非常成功，在文学史上留下了浓重的一笔。这部作品的情节进行得比较缓慢，可以把它当作一部心理学小说，还算不上是真正意义上的悲剧。这部戏剧的正题为"剧"，副标题是"奇异的插曲"，整部作品都在围绕"过去和未来都只是奇异的插曲，只有当下才是人生"这句话来展开。在表现手法上，注重通过作品中人物的对话和独白来展示人物真正的个性特征和内心想法。这种表现手法本身比较独特，也能让作品的理念清晰明确地表达出来。

　　如果仅仅把他的这部作品当作心理小说，那是比较片面的，他的作品涵盖的内容远远比这个要丰富。他深刻的分析、敏锐的洞察力，似乎可以直达人的心底，看到人性中最隐秘的一面。比如《悲悼》，可以称得上是一部真正的悲剧，它在对人性的分析上进行了较为大胆的尝试，而且在实际的效果上也达到了炉火纯青的境界。在这部作品的开头，就让人感受到了宿命的气息。这部作品直接延续了古代戏剧惯有的精神，不过也有所变化，以适应现代生活和现代思想的脉络。又如，在《埃利奥特》中，阿特柔斯之家的悲剧[①]被搬到了现代的舞台上，时间也被改成了美国南北战争时期，它让我们从过去的历史中，悟出了当今社会思想的缘由和演变脉络。在这部作品中，最引人注目的是，整个故事都是跟随命运的安排来发展。他的这一思想来源于最新的思想主张——奉行遗传决定论的自然科学决定论和弗洛伊德的意识说，并用这种思想来道出家族感情上的噩梦。

　　对于弗洛伊德的思想，截至目前都有不少的争论，但是这部作

---
①阿特柔斯之家的悲剧：阿特柔斯为伯罗奔尼撒半岛西北部伊利斯国国王，该家族被诅咒，因此陷入持续不断的手足相残的悲剧中。

品的重点,恰好就是人们争论的焦点。作品的情节,完全是根据命运的安排而变化。奥尼尔全盘接受了弗洛伊德的思想,并将它和自己的作品完全融为一体,这可以说是他本人创作的动机所在,也直接导致他后期的作品都难以有很大的突破。

此外,奥尼尔还创作了两部风格完全不一样的作品,他的这一做法,说明他不因为所取得的成绩而骄傲自满,并在不断努力尝试新的创作手法,这不仅是他个人的一大特点,也是他极具勇气的证明。对待为自己喝彩的人,他通过不同的创作来不断回应他们的喝彩;对待批评家们的攻讦,他也始终没有放在心上。

奥尼尔原来被人们定义为是一个悲剧作家,不过他1933年发表的《啊!荒原!》却颠覆了人们的看法,这不仅让他的支持者诧异,还得到了更多人的注意。这是一部关于中产阶级家庭的喜剧,描绘了年轻人诗情画意般的精神生活,在轻松愉快的生活中,自然而然流露出来的幽默感和喜剧性让人不禁捧腹大笑。《啊!荒原!》要塑造的仅仅是一个非常单纯的世界。

在1934年之前,奥尼尔的作品从来没有涉及宗教问题,他只不过是站在自然科学批判者的角度,对宗教的浅层次问题有所涉及。不过,一直以来,对于精神的非理性存在,他一直坚信这是有价值的。因为,在理性的世界里,人们会因为心灵上的无所依靠而陷入虚无,这种精神上的贫瘠,不应该被忽略。直到1934年的《无穷的岁月》问世以后,他的作品才开始真正涉及宗教问题。在这部作品中,奥尼尔又进行了一次创新,他通过现代"奇迹剧"的表现方式来创作。在作品中,他采取中世纪质朴的手法来试图展现悲剧性的命运。这个创新,对他来说是一个挑战,因为他一直以来都是用传统的戏剧形式来进行创作的。与此同时,他还大胆地运用了一种全新的舞台技巧,通过多样的方式展现出来。这种创新是非常冒险的,能不能成功,全在于作者的处理技巧。在这部作品中,他对神父进行了刻画,这是唯一一个最贴近现实的人物,那么这是不是意味着他的人生观有所改变?仅凭此,我们还不能妄下定论,这需要我们拭目以待。

奥尼尔创作的戏剧,涵盖的范围非常广,并刻画了很多不同性格的人物,取得了较大的成功。时至今日,他的创新特性还是非常的明显,并仍在发展着。他的戏剧灵感,来源于他那天马行空般的丰富的想象力,他的作品把他的性格和思想从灵魂深处形象地表现出来,自然会汪洋恣肆、鹤立鸡群。他的创造特性,是从来没有改变的。

瑞典文学院之所以把1936年的诺贝尔文学奖颁给尤金·奥尼尔,不仅是对他独树一帜的文学天赋的肯定,同时也是对他人格的肯定。在此,通过如下言辞表达我们的敬意:"由于他作品中所展现出来的力量、热情以及诚挚的感情——它们体现着悲剧的原始概念。"

致答辞[①]

美国驻瑞典大使馆文化参事　詹姆斯·E.布朗

在这群雄聚会的盛宴上，今天，我代表我的同胞——尤金·奥尼尔来领取诺贝尔文学奖。非常遗憾的是，他本人因故不能前来，所以由我代为领取。这对我来说，是一件无上光荣的事情。

诺贝尔奖是一项极大的荣耀，这是举世公认的。如大家所知道的那样，每次的获奖者，都是瑞典文学院经过长时间的甄别和多方面的考评才选出来的。因此，可以说他们的决定是非常公平公正的。所以，诺贝尔奖具有极高的声誉是理所当然的。

诺贝尔奖的目的，在于鼓励人们不断前进，并对取得较大成绩的人给予一项比较高的荣誉。此外，它还有着其他非常重要的作用，它一视同仁，以对世界和人类的推动作用为首要的评判因素，而不会因种族和国籍的不同而进行区别对待。所以，它的影响力早已超

[①] 尤金·奥尼尔因病未能亲自参加典礼，但写了演讲稿交由美国驻瑞典大使馆文化参事詹姆斯·E.布朗在典礼上代为宣读。

越了它本身的价值，它具有了促进世界公平、和平等其他更为广泛的价值。

奥尼尔先生由于过度劳累致病，医生告诫他必须好好静养休息几个月，所以，他今天不能亲自来参加这个盛典，他不是由于骄傲自大而故意缺席。这儿有一封他让我带来的信，信上有他想对大家说的话，在这里就由我代为宣读。他真切地希望今天到场的各位能够体谅他的缺席，如果不是情非得已，他本人必定会亲自前来。

下面，由我代表奥尼尔向大家宣读他交给我的演讲稿。

"首先，我希望再次向大家表达我的歉意和谢意，我本人也非常遗憾不能够亲临这场盛会和借机造访瑞典。诺贝尔文学奖是对我作品给予的最高肯定，我的内心非常激动，也非常感谢瑞典文学院和大家的支持，我想，我是很难找到确切的话语来表达我内心的感受的。这个奖项，不仅是对我作品的肯定，也是对我国同行们的肯定。我认为它标志着欧洲对美国戏剧的认可。我创作的戏剧，是世界大战后在美国兴起的现代文学作品的一部分，仅仅是由于时机和境遇的幸运，我的作品才得以成名。我创作的灵感，也是从欧洲现代的戏剧作品中得来的。

"我的创作，深受贵国近代最伟大的、天才般的戏剧作家——奥古斯特·斯特林堡[①]的启发。今天，非常高兴能够有这样一个机会，让我在瑞典人民面前来表达我诚挚的谢意。

"当我首次在1913—1914年冬天的这段时间拿起笔来创作时，我是通过阅读他的作品才明白什么是'现代'，我对近代戏剧的启蒙

[①] 奥古斯特·斯特林堡（1849—1912年），瑞典作家，瑞典现代文学的奠基人，世界现代戏剧之父，代表作品有《被放逐者》《半张纸》等。

性的认识，要归功于斯特林堡的戏剧。如果说我的戏剧有流传下来的价值，一方面是受斯特林堡的启发；另一方面也是由于我自己坚韧不拔的努力，才能够取得这样大的成就。

"相信瑞典文学院的各位专家学者并不是第一听到这样的话——我的戏剧是深受斯特林堡的启发，这句话我也经常在公共场合提起。而且，大家仍然可以在我的戏剧中发现他的影子，而且是有非常明显的痕迹。不过，虽是这样，却并不代表着我自己没有自信和创造性。

"即使在今天这样的场合，我还是非常乐意向他的同胞坦承，我的创作确实是深受他的影响，我也很高兴能够有这样一个机会向大家坦承。从我的角度来说，即使在当今，斯特林堡还是可以称得上是一位伟人和指引者。他在天堂要是能够看到今天这个场景，脸上一定会浮现出满意的笑容，作为他的继承者，我也会感到十分荣幸。"

在奥尼尔获奖之前，贝尔其乌斯财团的理事罗帕特·布利斯曾经说过这样一句话："要清楚地讲明白生命的整个过程是一件很困难的事情，要深入地探究事物的本质也同样不容易。不过，更为困难的，在于对人心的探究，把握人类那变化多端的灵魂。奥尼尔正是凭借他的天赋和热情，做到了这一点。他处理人生中重大事情的方式，真是非常令人赞赏。"

目 录

进入黑夜的漫长旅程 1

附录一 尤金·奥尼尔年表 171

附录二 诺贝尔文学奖大系书目 174

进入黑夜的漫长旅程

(四幕剧)

这部戏献给卡洛泰，作为我们两个结婚十二周年的纪念。

亲爱的：

  这部戏是我为你精心写的，用以去掉恨意，它是用泪水和汗水凝结而成的。或许在今时今日，送这个不太合乎情理吧，但是我知道你是理解的，我很感谢你过去为我做出的一切，让我能直面人生，有勇气面对我那些去世的亲人。我怀着最同情、理解、包容的心情写了这部戏，主要讲的是泰隆一家四口历经苦难的故事。

  对于你，我最爱的人，这十二年来你对我的关心和照顾无微不至，是你带我走出了黑暗，让我体会到了爱。我真的非常感激你，我对你的爱甚于生命。

——尤金

1942 年 7 月 22 日

于道庵

剧中人物

詹姆士·泰隆
玛丽——詹姆士·泰隆的妻子
詹米——詹姆士·泰隆的长子
艾德蒙——詹姆士·泰隆的次子
凯瑟琳——詹姆士·泰隆家的女仆人

第一幕
泰隆家避暑别墅的卧室，1912年8月某天早上8:30

第二幕
第一场 地点同第一幕，当天下午12:45左右
第二场 地点同第一幕，大约半个钟头以后

第三幕
地点同第一幕，当天晚上6:30左右

第四幕
地点同第一幕，当天夜里

第一幕

景：1912年8月某天的早上，在詹姆士·泰隆避暑别墅的卧室里面。舞台后面有二扇双开门，上面还带着门帘。右边那扇门通往屋子的客厅，摆放整齐，看起来就像是不经常用到的房间。左边那扇门通往的是后厅，这间房间没有窗户，所以光线黑暗，只好作为卧室和餐厅之间的走廊了。两扇门之间有一个精致的壁橱，上面悬挂着莎士比亚的肖像画，壁橱里面整齐地摆放着巴尔扎克、左拉和司汤达尔的小说，叔本华、尼采、马克思、恩格斯、克鲁泡特金和麦克斯·史透纳等人的哲学作品，易卜生、萧伯纳和斯特林堡的戏剧，斯温伯恩、罗塞蒂、王尔德、恩纳士·道森和吉卜林写的诗集等。壁橱上面摆放的书籍涵盖了很多欧洲及其他国家名人的名著，名人的派别也是各种各样的（小书橱中的书籍派别，包括19世纪中叶至20世纪欧洲与其他国家的小说家、哲学家、剧作家和诗人。所代表的潮流有自然派、唯美派、颓废派，也有近代社会批评和革命思想），这些书籍都是泰隆的二儿子艾德蒙的。第四幕中泰隆骂艾德蒙的话中有提及。右边的墙后面也有一扇门，走到外面是房屋的阳台，再往外走一些可以看到几扇窗户。从窗户往外看去，可以看到宽阔的马路和辽阔的大海。窗户旁边有一张不大的小圆桌，另一边摆放的是四方的书桌。

往左边走，也有一样的窗户，从这边窗外看去可以看到房屋的后院。窗户靠墙的地方摆放着一把椅子，椅子上面还有柔软的坐垫。再往左边一点摆放着一个玻璃双开门的大书柜，里面有很多书籍，全套的《大仲马集》《雨果集》和《查理士·利佛集》、三套《莎士比亚戏剧集》、五十册厚厚的《世界文学精选》、休谟的《英国史》、梯埃的《法国执政与复辟时代史》、史摩列特的《英国史》、吉朋的《罗马帝国衰亡史》以及其他旧剧本、诗集，还有好几部有关爱尔兰的历史著作。这个大书柜里面的书都是詹姆士·泰隆珍藏的，莎士比亚戏剧他已经读得非常熟了。还有一些关于欧洲历史的书籍，最需关注的是《查理士·利佛集》和好几部有关爱尔兰的历史著作，这些书都从侧面表达出了詹姆士·泰隆对于家乡爱尔兰的思念。而且这些书，每一卷都有人翻阅过，甚至不止一次。

屋里铺满了地毯，颜色和款式还算看得过去。房间中间有一张圆形的桌子，桌子上面摆放的是一个绿色的台灯。桌子四周放着四把椅子，其中有三把都是藤椅，不一样的那张在圆桌的右边后方，是一把木质的，上面还有一个坐垫。

（时间为上午 8：30，明媚的阳光从右边的窗外落进来。）

〔**幕启**，全家人都刚刚吃完早餐，玛丽·泰隆跟她的先生一起走出餐厅。
〔玛丽今年 54 岁，她的身材并没有因为年纪而走形，而且稍显丰满。她的外貌一看就知道是爱尔兰人，年少的时候肯定是一个大美人，就算到了现在还是看得出很有气质。但是她的脸色没有那么红润，看起来有些苍白、瘦削，跟她身体比起来有些差距，她的鼻子非常高挑，嘴唇宽厚且饱满。她并没有化妆，头发也已经全部斑白，这样更衬托出了明亮的棕色眼眸。她的眼眸非常漂亮，五官也是无懈可击，浓厚的眉毛、卷翘的睫毛。

〔她看起来有点着急，两只手不停地搓。她的手指白皙且修长，本来是一双美丽的手，但是因为最近得了风湿病，关节处显得有些粗大。大伙没有再继续看她的手，而且她也不太想让别人看到，怕她心神不宁抖动手的样子让自己难堪。她没有精心地打扮过，只是很平常的打扮，但是她穿衣服的品位还不错，头发很明显是精心梳过的。她说话的声音温和且细腻，愉快交谈时还不经意间带一些爱尔兰的口音。她小时候在修道院里面上学，所以养成了一种很单纯的性格，丝毫不娇贵、造作，直到现在她这种特质还没有失去，那是一种浑然天成的内在美。

〔詹姆士·泰隆，65岁，但是似乎保养得不错，看起来年龄并没有这么大。他身高差不多有180厘米，身材伟岸，肩膀宽阔。他将背挺得非常直，头高高地扬起，这使他看起来比实际身高还要高。他的容貌虽然有些改变，但是风采依旧，气宇不凡，宽大的额头、浓黑的眉毛、深棕色的瞳孔，让他散发出些许气场，虽然他的头发已经越来越稀少且花白。

〔明眼人一看便知他是演员出身，并不是他故意端出大牌的样子。他这个人其实非常老实，这多源于他是爱尔兰普通田园家庭出身。但是多年的演艺生涯还是让他在不知不觉中流露出演员的习性，他的嗓子非常好，而且十分有特色，说话的时候声音明亮而有磁性，这一点他也一直引以为傲。

〔看他的穿着打扮，不知道的人绝对想不到他是演那些英雄文人的角色。他上身穿的是一件灰色略显破旧的外套，领子上还用一根白色的布绢打着领结，下身穿着深色的布裤，鞋子是一双没有光泽的皮鞋。这种着装一点都不潇洒，甚至有一些寒碜。他衣服从来都是穿到不能再穿了为止。现在他准备去院子里干活，所以穿得更加随便了。

〔他从小到大没有生过病，身体非常好，性格也是大大咧咧的，不过他也有伤感的时候，甚至还会突然间关心一下别人。

〔两位老人从餐厅的走廊那边出来，泰隆亲昵地搂着玛丽的腰，走到大厅的时候还打趣地坏抱了一下玛丽。

泰隆　玛丽，你又重了20多斤，我两只手都抱不住了呢。

玛丽　（亲昵地笑了笑）你好像是在说我长胖了啊，我是不是该减肥了啊？

泰隆　我不是这个意思呢，我的妻子！你现在这个体重刚刚好，不胖不瘦，我们不准说这种要减肥的话，我知道了，就是因为这个原因你早餐只吃了那么一点呢。

玛丽　我吃得少吗？我觉得我吃了很多呢。

泰隆　我看你吃得好少，我还是希望你多吃点，最好像我一样。

玛丽　（打趣地说道）要是所有人都像你这样吃那么多早餐，早就撑死了。（她慢慢地走上前，站在餐桌的右方。）

泰隆　（跟着她走到前面）照你这么说，那我岂不是一个大胃王？（扬扬自得的样子）多亏了老天，给我这么好的肠胃，我的消化能力就像年轻人一样，虽然我65岁了。

玛丽 是的，詹姆士，你的饭量可是无人能敌。（她边笑边走到餐桌旁边的凳子前坐下，泰隆从凳子后面绕过去，走到桌子前，从烟盒里面拿出一根雪茄出来，接着用剪刀将烟屁股剪掉。这个时候从餐厅那边传来了詹米和艾德蒙说话的声音，玛丽随着声音往餐厅的方向望去）我不知道这两个孩子为什么要在餐厅里待着，估计凯瑟琳还在等着收拾餐桌吧。

泰隆 （打趣似的说道，但是眉眼中夹着一丝恼意）你说这两个孩子又在商量着什么不想让我听到，我想他们肯定又在想办法整他们老爹我了。（她听见了，但是没有接话，只是仍旧看着餐厅的方向，双手不停地握在一起轻轻摩挲。他将手上的雪茄点燃，在他常用的椅子上面坐了下来，十分享受地抽着）吃完早餐后抽一根雪茄，这滋味真是太好了。不过前提得是上好的雪茄，就像我新买的这雪茄就很不错，香味浓厚，而且非常的划算，真是价廉物美啊，这还得多亏了麦贵告诉我。

玛丽 （稍带尖酸的语气）那你要庆幸他没有顺便告诉你哪里的地皮好，每次听他的话买地皮总是讨不到便宜。

泰隆 （解释地说）其实也不是这样子的，玛丽，不知道你还有没有印象，当初还是听了他的话买了栗树街那个房子，然后我又卖出赚差价，还赚了不少钱呢。

玛丽 （听到他这样说不由自主地笑起来，亲昵地开玩笑说）我好像没印象了呢，那算是你运气好，我估计麦贵也没有想到吧。（话说到一半她突然停住了，然后拍了拍他的肩）我看啊，詹姆士，你这辈子还是别想靠做地产生意赚大钱了。

泰隆　（有些气鼓鼓地）我也不想做地产啊，但不管怎么说，地皮还是靠得住的，至少比华尔街那些推销保险、股票的强得多吧。（叹了一口气打算停止争论）算了，我们一大清早没必要为了做生意的事情吵架。（两个人没有再说话了，这时候又听到餐厅那边传来两个孩子的声音，突然一个孩子剧烈地咳嗽起来。玛丽听到后十分着急，她的手也紧张地不断敲着桌子。）

玛丽　詹姆士，你应该说说艾德蒙，他早餐就喝了点咖啡，其他的都几乎没有动，不吃饭怎么有力气呢。我经常跟他说，但是他总是说他没胃口、不想吃。我知道，夏天感冒是一件很难受的事情。

泰隆　是啊，但是这是顺其自然的事情，你也不要担心了。

玛丽　（语速加快地）我才不担心呢，只要他好好照顾自己，过几天就好了，（好像不想继续这个话题但是又不可以）只是他运气真差，刚好这几天病了。

泰隆　对啊，运气真差。（他有些忐忑地瞟了她一眼）不过，你也不用担心了，玛丽，而且你还要多注意照顾自己。

玛丽　（慌忙地）我担心什么？我有需要担心的事吗？你为什么会认为我在担心？

泰隆　倒是没有特别的缘由，就是看到你这几天精神有点紧绷而已。

玛丽　（牵强地露出微笑）精神紧绷？怎么会呢，是你自己想多了。（突然地慌张起来）詹姆士，我应该跟你说过，别跟看犯人似的整天看着我，除了这个就没有了，因为这让我觉得特别的别扭。

泰隆　（温柔地抓住她忐忑不安的手）行了，行了，玛丽，这次真的是你想多了，就是因为我的眼神一直在你的身上，我才会发现你最近变得如此的丰腴、美丽。（他突然有些许的感触，声音发颤）我的宝贝，我高兴的心情根本没有任何词语能表达出来，在你回家以后身体也这么好，和以前一模一样，这么可爱。（他低下身子不由自主地在她的脸上亲了一下，随后转身，声音不自然地又说了一句）就一直加油下去吧，玛丽。

玛丽　（把头转向一旁）我肯定会的。（她不安地站起来，走到右窗前）感谢上天，雾终于散了。（转身面向他）从早上开始我就发现全身不舒服。昨天那烦人的雾笛叫了一整晚，让我晚上根本没办法睡觉。

泰隆　我也一样，好像院中饲养着一只生病的鲸鱼似的，我也一晚上没能睡着。

玛丽　（既觉得心疼，也觉得想笑）是这样吗？那你睡觉跟别人还真是不一样啊，打呼噜跟打雷似的，晚上我都没听出来到底是你在打呼噜呢，还是雾笛在叫。（她走向他的跟前突然笑了出来，用手打趣似的敲了敲他的头）你那种睡法就算是有十个雾笛同时叫，都不会被吵醒。你睡得可不是一般的死呢，不过你平常就这样。

泰隆　（觉得有些丢人，不开心地）我可没有。每次说到我打呼噜的时候，你总是言过其实。

玛丽　我哪有言过其实啊！如果你自己听过就知道了。（这时突然从客厅里传来很大的笑声。她转头看去，面带笑容地说道）那两个人到底在笑些什么？

泰隆　（气鼓鼓地）除了笑我还能笑什么。别的不说，这我可跟你打包票。要是寻开心的话，他们取笑的对象总是我。

玛丽　（逗小孩一样）那倒是，所有人都喜欢拿你开玩笑，对不对？

你很憋屈呀！（她大声笑了一下。随后像放下心里的紧张似的）喜欢笑什么就让他们笑吧，能听到艾德蒙的笑声我就不会很担心了，这几天看他总是不开心的样子。

泰隆　（直接忽视她刚才说的这句话，依旧满腹的抱怨）你听我说，绝对是詹米说了什么损人的话，他一直是这样看不起人，还喜欢取笑人。

玛丽　好了，为什么又和詹米对上。（没有自信）他总有一天会变得正经的，你看着好了。

泰隆　说是这么说,但是他也应该改变了不是吗,他都已经快34岁了。

玛丽　（忽视这话）我的老天！他们真准备一天都待在客厅里面吗？（她走到通向客厅的门前叫了一下）詹米！艾德蒙！你们两个别在这里待着了，好让凯瑟琳能收拾一下桌子。（艾德蒙在客厅回应了一下："妈，我们马上出来。"她之后就回到了圆桌前面。）

泰隆　（抱怨地）你是无论他干什么都能有理由原谅他。

玛丽　（走到他身边坐了下来，拍着他的手背）别说了。

（他们的两个儿子，詹米跟艾德蒙同时从会客厅里走了出来。两人嘴上还带着笑容，笑之前引他俩发笑的某件事情。当他们走到前面，看到他们的爸爸时，笑得更为开心了。）

（哥哥詹米已经33岁了。他和他的爸爸一样，身体强壮，比爸爸还要高一寸，然而体重没有他爸爸重，给人的感觉好像有点矮胖一样。由于在行为举止上并没有他爸爸那样的架势，更没有他爸爸的那种精气神，所以看起来有点颓废。就长相来说，他也是非常有风度的，但那是常年流连于花丛在他的面颊上所留下的印迹。根本没有人称赞过他是美男子什么的，大家都觉得詹米长得比较像他的父亲。他的双眼炯炯有神，瞳孔的颜色是棕色的，瞳孔颜色的深浅度介于他父母两者之间，头顶上的头发已经不茂盛了，隐隐约约可以看到跟他父亲一样有秃顶的痕迹。然而他的鼻子却跟家里任何一个人都不一样，属于鹰钩鼻。这种鼻子加上他整天待人那种冷言冷语的说话语气，使他像脸上戴着一副恶魔式的面具一般。但是当他偶尔无意识地嘲讽别人的时候，脸上也会出现温和的笑容，在那一刻，他身上才出现那种天生的爱尔兰人的个性。让他看起来是那么可爱、温和、浪漫，他好像什么都不放在心上一样，是个让人又爱又气的孩子。他身上散发着一股诗人般郁郁寡欢的气息，让女人见了疼惜，男人也喜欢跟他交朋友。他上身穿着一件非常简单的衣服，但不像他父亲那么穷酸，颈脖上也戴着硬领，打着领带。白皙的肌肤被太阳晒得棕红，脸上布满了雀斑。）

（艾德蒙比哥哥小了整整10岁，但是却长得比他哥哥还要高，他身材很瘦却很挺拔。詹米长得很像父亲，一点都不像母亲，而艾德蒙则更像母亲一点。在他那又瘦又长的爱尔兰脸上有着一双他母亲般又大又黑的眼睛，吸引着人的目光，他的嘴型也和母亲的一样，有着性感的弧度。唯一不同的地方就是他的额头要比母亲更加的凸出，一头棕色的头发，发根已经被太阳晒成了褐色，头发全部被梳到了后面。整个脸上唯一像父亲的地方只有鼻子，所以从侧面看起来他长得很像泰隆。而他的双手非常的纤长，跟他母亲一样喜欢局促不安的活动。总体来说，艾德蒙和他母亲最相似的地方就是两人的神经都非常敏感。）

（一眼看去就知道他体质很差，他实在是太瘦了，脸上的颧骨凸出，眼睛陷进去一般。哪怕他的皮肤被晒成了深棕色，看上去却是又干又黄的模样。他上身穿着一件普通的衬衫，同样也打上硬领跟领带，可是外面没穿上衣，下身穿的是一条比较旧的法兰绒裤，脚上穿着一双棕色胶皮底鞋。）

玛丽 （带着笑容转过脸来，就连说话的声音里也带着勉强的愉快声调）我刚才正在打趣你俩的父亲打呼噜的声音有多大呢。（然后转身面向泰隆）詹姆士，那你让儿子们来说说看。他俩肯定也听到了你打呼噜的声音。不是你，詹米，你肯定不行的。我睡在穿堂那一边都能听到你打呼噜的声音，你跟你父亲差不了多少。你们可真是父子啊，头一旦碰到枕头就能睡得么沉，跟你父亲一样，就算十个雾笛的叫声都不可能吵到你睡觉。（她忽然不说话了，看到詹米的眼神专注又带着担心地盯着她。她脸颊上的笑容立刻消失了，举动也变得扭捏起来）詹米，你干吗一直盯着我看？（她的手也轻轻地举了起来拨弄一下头发）是因为我的头发没梳好吗？这段时间我不是很容易就能把头发梳好的。我的眼睛已经越来越看不清楚了。我那副眼镜也不知道去哪儿了，总是找不到。

詹米 （感到愧疚，把眼睛转移到了别处）妈，你的头发梳得很好啊。我刚才是在想，你今天的精神很好。

泰隆 （大声喊叫）是啊，詹米，我正在说这件事。她这个死肥婆，嘴巴不饶人，说也说不过她，再这样下去谁都控制不住她了。

艾德蒙 对！对！妈，你今天的身体看起来真的非常好。（她听到这里才放下不安，十分和蔼地对着她的小儿子笑了一下。艾德蒙挤了一下眼睛，做了个鬼脸）关于爸爸打呼噜的声音这个问题，我是能够帮你作证的哦。啊呀，声音很大，就跟打雷一样响！

詹米 我也听到了。(他引用莎士比亚剧词,顺便还做出了演戏的样子)"那个摩尔人的喇叭!不见其人先闻其声。"(导致他母亲跟弟弟都笑了起来。)

泰隆 (毫不客气地)如果我的打呼噜声能够让你忘记赌马的事情而去记住莎士比亚的文章,那样我愿意天天打呼噜让你听到。

玛丽 行了,詹姆士!别像刺猬一样一碰就扎人。(詹米无所谓的模样,耸了耸肩,坐在了她右边的椅子上。)

艾德蒙 就是,爸爸,休息一下吧!刚吃完早点就拌嘴。(他也跟着坐下,坐到离他哥哥很近的另一把椅子上面。他父亲没有理他。)

玛丽 (抱怨声)你父亲并没有找你碴儿。不要一味地偏向詹米。不知道的会认为是你比他大10岁呢。

詹米 (感到无趣)有什么好吵的?大家都别说了算了。

泰隆 (蔑视的语气)算了,算了!任何事你都是以算了结尾,什么事都不上心!这倒是个十分轻便的想法,如果你这一辈子不去做只是去想。

玛丽 詹姆士,不要继续说了。(玛丽一只手搂着他的肩膀。顺便哄劝着)今天一大早这是怎么了,发什么起床气?(对着两个孩子,转移了一下话题)刚才听到你们两个进来的一刻笑得那么开心,是在笑什么?有什么事这么好笑?

泰隆 (努力地表现出无所谓的模样)对呀,我的两个心肝儿子,说出来让大家也听一下。我跟你们的母亲说你俩肯定是在嘲笑我。也无所谓了,反正我已经习惯了,脸皮也变厚了。

詹米 (冷淡地)眼睛不用盯着我看,让小弟来说吧。

艾德蒙 (没能忍住地笑了出来)爸爸,本来昨天晚上我就准备告诉你的，但是后来被我给忘了。昨天我出去散完步，然后又跑到酒店去坐了一会儿。

玛丽　（急忙地）艾德蒙，你怎么还是跑去喝酒呢。

艾德蒙　（不理睬这句话）你猜我在那里遇见谁了。就是帮助你作田的那个哈尼佃农尚纳西，他醉得一塌糊涂。

玛丽　（笑了起来）原来是那个烦人的家伙！这还真是幽默。

泰隆　（满脸的不开心）如果你成为他的地主就不会觉得很幽默了。他可是个狡猾的爱尔兰坏胚子，肚子里装着一肚子的坏水。他又在嘀咕些什么，你说给我听听，艾德蒙。你也不用说了，我一猜就知道他肯定是在嘀咕些什么。应该是他又想减租钱，对吗？我的那块地都已经是相当于白送给他了，由于我需要有一个人可以在那里帮我管管，要不是每次我说要赶他走的话，我想他是连一毛钱都不会给的。

艾德蒙　这你是真的猜错了，他根本没有嘀咕些什么。他昨天非常的开心，甚至还自己掏钱来买一杯酒喝呢，这可是以前见都没见过的事呢。他高兴的原因是他跟你的那个朋友——美孚石油公司的财主哈克狠狠地吵了一场架，最后的结果是他大获全胜。

玛丽　（既觉得生气又觉得好笑）啊呀，不得了了啊，詹姆士！你可得想个办法教训一下他。

泰隆　可恶的尚纳西，我一早就说过的！

詹米　（落井下石）你信不信哪天你在俱乐部里碰见哈克跟他恭恭敬敬地鞠躬的时候，他绝对连看都不看你一眼。

艾德蒙　对对对。哈克怎么可能继续把你当作上等人，藏匿着这么一个没有上下级观念的佃农，在美国煤油大王的面前都不知道跪在地上叩头。

泰隆　别在我的面前说一些乱七八糟的话，完全像一个社会主义者。我可不爱听这些。

玛丽　（赶紧过来劝解）艾德蒙，之后怎么样了？

艾德蒙　（龇牙咧嘴寻衅一般，朝着他父亲笑了一下）爸爸，你还记得哈克先生屋里的冰池是紧靠着那块田的旁边，你也还记得尚纳西养猪。是这样的对吧，听说篱笆那里破了一个大洞，那些猪全部都跑到隔壁地主家的池塘里泡澡去了。哈克先生家里的管家告诉他说这个大洞肯定是尚纳西有意把篱笆搞坏好让他的猪进来泡澡的。

玛丽　（既觉得好气又觉得好笑）我的老天呀！

泰隆　（一边不服气，一边又忍不住地敬佩）这个浑球，我也会觉得他肯定是有意捣乱的。也就他做得出来这种事。

艾德蒙　因此哈克先生就自己亲自过来叱责尚纳西。（又忍不住笑了起来）看起来还真是很白痴！我一直怀疑我们这帮财阀统治阶级的脑袋是不是有问题，特别是依赖祖宗保佑的这帮没用的混蛋。这件事更加证实我的想法是没错的。

泰隆　（想都没想地表示赞同）没错，他怎么可能会是尚纳西的竞争对手。（即刻声色俱厉）以后这样无政府主义的胡话只能放在你自己的心里，不允许在家里瞎说。（但是又非常想知道结果）之后怎么样了？

艾德蒙　哈克怎么会是他的对手呢？那就好比让我去打杰克·强生[①]

[①] 杰克·强生，英国首个获得世界重量级拳击锦标的黑人。从1908—1915年，他获得7年的拳击冠军，无人能敌。

一样。尚纳西很久之前就已经喝了几杯酒下肚了，正站在门口准备迎接他呢。据说，他根本就没给哈克开口说话的时间。他一张嘴就大声说着，说他自己又不是美孚石油公司的奴隶，不能任意遭受欺压。还说如果有公道存在的话，他现在早就已经变成爱尔兰的贵族了。又说出身卑贱的人怎样都是卑贱，不论他通过榨取穷人弄到多少钱财。

玛丽 我的上帝啊！（忍不住笑了）

艾德蒙 随后他又怪哈克，说肯定是他自己叫管家把篱笆弄出一个大洞来，引得那些猪去他家的水池里面，好把它们宰杀掉。尚纳西甚至还大声叫嚣着说，虽然是牲畜，可也够可悲的，一个个的都受了凉，还有好几头患伤寒症就快要死掉了，有几头呢因为喝了池子里那不干净的水感染了霍乱症。他对着哈克说他要请律师把他告上法庭，要让他对自己的损失进行一定的赔偿。最后他还对哈克说他租了这块田后整天都在遭罪，除了要应付毒草也需要应付虫子、臭鼬鼠和草蛇。就算他是一个忠于职守的良好佃农，可是有些事情也是我所不能容忍的，他是情愿死也不会让那些小偷来光临的。因此他请哈克先生可不可以滚他娘的，不然的话他就会放狗上去把他咬一口。不出所料，哈克听到这话后立刻就滚蛋了！（他跟詹米两人大声笑了起来。）

玛丽 （一边感到惊讶，一边又忍不住呵呵地笑了起来）我的老天，那家伙的嘴还真是厉害！

泰隆 （想都没想地表示佩服）那个老贼！真是任何人都敌不过他！（大笑了几声，忽然又停了下来，脸上带有微怒）那个浑球！继续这样下去的话，肯定有一天会连累到我的。你难道没有告诉他如果我知道了这件事会大发雷霆的吗？

艾德蒙 我跟他说的是爱尔兰人大获全胜的话你会非常高兴的。看吧，你现在不就是非常高兴吗？不用装了，爸爸。

泰隆 我才没有非常高兴。

玛丽 没有吗？可是我怎么看都觉得你是非常开心啊。

泰隆 我才没有，玛丽。开玩笑归开玩笑，但是……

艾德蒙 我跟尚纳西说他应该要对哈克说，美孚油行的大财主应该在喝冰水的时候尝到一点猪臭的味道才够劲呢，按理来说他会喜欢才对。

泰隆 你怎么可以说那样的话，这实在是太荒谬了！（眉头紧紧地皱在一起）不要一直用你那种该死的无政府主义思想来干扰我的事情！

艾德蒙 尚纳西听完我的话后懊恼得要死，他只能怪自己没能早点想到。可是他说他要去写一封信寄给哈克，信上就写上这句话，还要再加上一些其他的之前没能想到的骂人的话。（他和詹米都笑了）

泰隆 你们两人在笑些什么？这件事有这么好笑吗。你可真是一个好儿子，还帮着那个浑蛋家伙搞得我要吃官司！

玛丽 行了，詹姆士，你也用不着生气了。

泰隆 （转身面向詹米）你比他还要坏，竟然还在一旁挑拨他。我想你当时巴不得自己也在现场，这样就可以唆使尚纳西骂一些更加狠毒的话。这可是你的拿手把戏，除了这个别的你还有什么本事。

玛丽 詹姆士！你骂詹米干什么，这又不关他的事？（詹米本来是想

19

要反驳父亲一句的,但是耸了耸肩算了。)

艾德蒙 (突然神经质般表现出心烦气躁)我的老天,爸爸!如果你再继续说这样的话,我可就走了。(他忽然跳了起来)我想起我有些书落在楼上了。(他走向前客厅,一边走还一边在嘀咕)我的老天哪,爸爸,你这样的腔调,自己听了不会觉得讨厌么。(他转身走掉,泰隆怒气冲冲地看着他出去。)

玛丽 詹姆士,你千万不要把艾德蒙的话放在心上。你应该知道他的身体一向不好。(可以听到艾德蒙走上楼的同时还在不停地咳嗽着。她很担心地补了一句)夏天得个伤风的话真是让人不好受啊。

詹米 (不假思索地表示担忧)不光是伤风而已吧,小弟似乎病得很严重。(他父亲用目光瞪了他一眼,提醒他不要再说下去了,可是他根本没有注意到。)

玛丽 (转过身来责备他)干什么要说这样的话?他不就是得了一点小小的伤风!任何人都可以看得出来!你这个人老是捕风捉影的!

泰隆 (再次向詹米看了一眼表示提醒,平和地)詹米的意思只是害怕艾德蒙除了患有伤风以外,还患上一些别的什么病,而我们不知道的话,那他肯定就会更不舒服了。

詹米 是的,妈妈。我想表达的就是这个意思。

泰隆 哈第医生说应该是他在热带地区的那段时间感染了一点疾病。要是这样的话,吃几颗金鸡纳霜(奎宁)就会没事的。

玛丽 (忽然脸上显现出一种怨恨并带有蔑视的神情)哈第医生!他哪怕是把手放在一大堆圣经上说一些赌咒发誓的话,我也不会去相信他的!我可是看清楚了这些个江湖郎中!他们都是一群骗子，什么鬼话都会说，目的就是想法子骗你的钱。（她突然不说话了，发现所有人的眼神都放在了她身上，因此她感到十分不舒服。她把两只手唐突地举了起来去弄头发，脸上流露出不自然的笑容）怎么了？你们又都在看什么？难道是我的头发？

泰隆　（用手搂住她肩膀。内心自责外表却装作豪放，带着玩笑似的用力抱了她一下）你的头发根本就没有乱。你越是长得又白又胖，就越是美丽了。我都怕哪天看到你往镜子面前一站就是很长时间，只顾着打扮自己而忘记我了。

玛丽　（多多少少的有一点放心）哪天有时间我真得去配一副好点的眼镜了。我的眼睛是越来越看不清楚了。

泰隆　（用爱尔兰人甜言蜜语的腔调）你明明知道自己的眼睛已经非常美丽了。（他用嘴唇吻了她一下。她马上变得神采奕奕，脸上带着些许羞涩。在这一瞬间，我们好像在她的脸上看到少女时代曾有的风姿。那并不是已经消失的幻影，而是活生生地、有血有肉地展现在人们的眼前。）

玛丽　你别在这里瞎胡闹了，詹姆士！詹米还在看着呢！

泰隆　詹米也早就看清了你的小把戏。他知道每当你埋怨你的眼睛跟头发的时候，其实巴不得有人赞美你很美丽。我说的对不对，詹米？

詹米　（他的脸上也没有先前那么难看了，就像小时候在母亲面前撒娇一样，朝他母亲亲昵地笑了起来）就是嘛！妈妈，我们怎么可能被你骗到？

玛丽　（笑了起来，口气里面带有一种爱尔兰人愉快的腔调）你们两个人都消停一点吧！（突然又转变成少女的语气，一板一眼地说）但是老实说的话，我的头发曾经确实非常美丽，对不对，詹姆士？

泰隆　是，你的头发是全世界任何一个人都无法比拟的！

玛丽　是一种非常罕见的，头发带着一点红棕色，长得非常长，一直延伸到我膝盖下面的地方。詹米，你还记得吗。我哪怕在艾德蒙出世的时候都没有一根白头发。可是在那之后就开始慢慢地变白了。（少女的神采此时在她脸上消失掉了。）

泰隆　（飞快地加了一句）就算是变白了也只能让你更加美丽。

玛丽　（听到这话，玛丽脸上出现了一抹娇羞，但是心里却非常高兴）詹米，你看你父亲老是这样。结婚都已经35年了仍没有什么改变，难怪别人都说他是最会演戏的戏子呢？你干吗做出这样的表情来，詹姆士？难道是因为我刚才笑你打呼噜的事你现在才这样来报复我啊？那样的话就当我没有说过好了。我夜晚的时候听到的绝对是海上的雾笛声。（她笑了起来，其他人也随着一起笑了起来。她立刻又换上一副郑重其事的神情）天也快黑了，我可不能一直待在这里听你们说一些好听的话。我要去跟做饭的人安排一下今天买菜跟晚饭的事情。（她站起身来有意地叹息了一声，忍俊不禁）毕妈这个人可真是又懒惰又刁钻。整天在我面前对我说她家里人的那些事，导致我根本没法子插上嘴，本来是想骂她的，错了就该骂，但是都没机会。不过算了，迟早也会让她走人，倒不如现在就将她打发掉好了。（她走到会客厅门前的时候，突然转过身来，脸上又露出忧虑）不要忘了，詹姆士，不要再叫艾德蒙在院子里帮忙做工。（脸上又显出一种奇怪的固执的神情）并不是因为他身体不够结实，而是因为他一出汗的话就会受凉的。（在确定她从会客厅里走掉后，泰隆转过身责怪詹米。）

泰隆　你可真是个大傻瓜，说话怎么像没长脑袋似的？我们现在最重要的就是不要说一些让你母亲为艾德蒙担心的话。

詹米　（耸了耸肩）行，行，你爱怎么说就怎么说吧。你觉得一直让妈妈这样自己骗自己下去好吗。一直这样下去，到最后当她必须面临事实的时候，所遭受的打击只会更大而已。无论如何，你应该能够看得出来她说什么夏天着凉那些话很明显就是在骗自己。其实，她心里很清楚。

泰隆　清楚什么？最后的情况现在任何人都不知道。

詹米　不想骗你，我知道。星期一的时候艾德蒙去看过哈第医生，那时候我跟他在一起。我也听到医生说了些是感染了一些疾病的话。事实上那都是瞎说。他此时的看法就不一样了。不只是我很清楚，你也很清楚。你昨天上街的时候不是也去找哈第医生谈了一下弟弟的病情吗？

泰隆　他当时并没有肯定地说是什么病。但是他答应今天艾德蒙再去看他的时候会给我打电话。

詹米　（结结巴巴地）他说是痨病，对不对，父亲？

泰隆　（极不情愿地）他只是说有可能是。

詹米　（极其难过地，兄弟之情油然而生）我可怜的弟弟！（他转头面向父亲，怒气冲冲地指责他）如果你当初在他刚生病的时候就带着他去看一个十分靠谱、值得信任的医生，事情就……

泰隆　哈第医生不好吗？在这里我们家谁生病了不都是找他看病吗？

詹米　他什么都不好！哪怕只是在这个贫穷的乡下，他都只能算是一个三流的医生！他就是一个到处装神弄鬼的江湖郎中！

泰隆　你就骂好了，只管骂好了！无论什么人你都骂！无论什么人在你的眼中都是骗子!

詹米 (轻蔑地)就因为哈第医生每次出诊的费用只有一元,凭这个你就觉得他是一个好医生!

泰隆 (就像被人打了一嘴巴)住口!你此时并没有喝醉酒,你有什么理由这样说。(他强行按捺住自己的怒气。略带辩解的口气)你应该说我请不起那帮只会敲富豪竹杠却被你认为是好大夫的高级医生。

詹米 你会请不起?你可是这一带地产最多的财主。

泰隆 地产多也不代表就是财主,而且也全都抵押出去了。

詹米 那不也是因为你总是在一块地皮的钱都没有付清的情况下就要再买第二块。你总是不停地买。如果艾德蒙是一块不幸的地皮,要是你想买的话,那么就算花天大的价钱你都愿意出!

泰隆 瞎说!你刚才蔑视哈第医生的话也是乱说一通!他不过是不讲究排场,不想把诊所开在富人区,不想坐豪华的汽车臭显摆。如果你去请那些只是稍微把把脉就开出5元钱诊金的医生,那就相当于花些冤枉钱去帮他们维持门面,而他们的医道却不值钱。

詹米 (蔑视地把肩膀耸了一下)就这样吧,你说什么就是什么。跟你也争辩不出个所以然来。真是江山易改,本性难移。

泰隆 (按捺不住怒火)你说的一点都没错,本性难移。我很早就从你的身上发现了这点,你可是个活生生的好例子,你的本性就算这辈子都改不了。你还敢来教训我,说我不舍得花钱!你压根从小就不知道赚钱的困难,哪怕到老也不会知道!这辈子也没看见你存过钱,从年头到年尾都是穷光蛋一个!每星期只要一拿到工资,马上就会去喝酒、嫖女人,花个精光!

詹米　不要在我的面前跟我提工资了，我的上帝！

泰隆　你的工资也不算少，如果不是我，你以为凭你自己的本领你能赚到吗？如果不是看在你父亲我的面子上，哪一家戏院老板会来请你去啊，你自己在外面的名声有多不好听，你不知道吗？直到现在，为了你我还不得不放下脸面到处帮你说情，说什么你从今以后洗心革面了，尽管我自己知道这完全是在胡扯！

詹米　我根本都不想去演戏，是你非要我去舞台上表演的。

泰隆　又在瞎扯！你根本没有动过一根手指去找一些别的工作，完全就是在依靠我去帮你找工作，我当然只有去戏院里找，其他别的地方我根本一点办法都没有。你竟然还说是我逼着你上舞台！你从早到晚只知道在酒吧里寻花问柳，压根都不想干一些别的正经事！这辈子都游手好闲，吃穿都是用你老子的钱，你当然不在乎！你也不想想，我花了这么多钱让你去接受教育，全都等于打水漂了，上任何一家学校的结果都是被学校开除！

詹米　哎呀，我的上帝呀，不要把以前那些陈年旧事再拿出来说了！

泰隆　这哪里是旧事！每年的夏天还需要回到家里来靠我过日子，这哪里算是旧事！

詹米　我不是在你的花园里做工帮你，免得你需要雇一个工人，以此来抵押我的食宿费用了吗？

泰隆　我呸！在花园里做工，那只是你被逼到没有办法才会做的！（他的怒气渐渐变小，化作抱怨的老调）要是你略微有那么一丁点感恩的意思，我也就不会如此在意了。可是却不是这样，你自始至终的表现就是嘲笑你老子是个铁公鸡，嘲笑你老子的职业，嘲笑这个世界上的一切东西，除了你自己以外。

詹米 （苦笑）这你可真误解我了，爸爸。你怎么知道我没有嘲笑自己，只是你没有听见我内心深处对自己所说的话语罢了。

泰隆 （眼睛看着儿子面带疑惑，一边口里连续不断地念叨着莎士比亚的作品《李尔王》中的一句）"忤逆不孝，毒草之尤。"

詹米 我就知道你又要来说这句话了！我的老天啊，听了成千上万遍！（他突然停住，对这样的争吵已经感到厌烦了，耸一下肩）够了够了，爸爸。我是一个成天不务正业的人，随便你怎么说，只要能把这场争辩结束掉。

泰隆 （改为振振有词地劝说）如果你有一点点上进心，不如此的瞎闹，那该多好！你还年轻，应该有非常好的前程。你本来就具有很高的演戏的天分，很有成名的可能！从现在开始努力还来得及。有其父必有其……

詹米 （厌倦这样的话）不要再说我的问题了。你我对这个问题都没有任何兴趣。（泰隆没有办法，只好作罢。詹米随后继续道）我们是因为什么才说起来的？啊，对了，是因为说到哈第医生。他说过什么时间会打电话过来说艾德蒙的病情？

泰隆 吃中午饭的时候。（稍微停顿了一下，又像替自己辩解似的）到哪里去找到一个更好的大夫来为艾德蒙诊断呢？从艾德蒙小的时候，有什么病痛都是找哈第医生看的，从艾德蒙小时候开始就一直是这样。哪里会有别的大夫像他一样清楚艾德蒙的身体？你只管那么说，这根本不是我舍不舍得花钱的问题。（痛心疾首地）哪怕是把全美国最权威的专家请来为艾德蒙诊治又能有什么作用！像他这样瞎弄、作践自己的身体，我都不提被大学开除以后了，从前还在私立中学读书的那段时间里他就已经开始瞎闹。

还要学你一样地要做百老汇的纨绔子弟，但是却又没有你这样的身体底子。最起码你像他这么大的时候是力大无穷，和我一样，但是他先天就是身体脆弱，跟你母亲一样。这些年来我都不知道警告过他多少次了，跟他说过他的身体是受不了他这样糟蹋的，但是他根本不听我的话。现在已经太迟了。

詹米 （怒声）什么叫现在已经太迟了？听你这样的语气好像以为……

泰隆 （气急败坏地发作起来）不要装听不懂了！听我什么语气，不是已经很明显了吗，只要有眼睛都看得清楚！他的身体已经被他自己弄得这么差了，这一下子想要恢复可是非常困难的。

詹米 （眼睛盯着他的父亲，对他的话置之不理）你能不能不要跟爱尔兰乡下人的想法一样，认为痨病是没办法医治的，就应该让他一个人住在那种泥巴路边既破又烂的小房子里。在那种环境中那样做也许很正常，可是我们现在是在美国，现在已经有了新的治疗方式……

泰隆 我难道不知道！难道还需要你来告诉我吗？还有，提到爱尔兰的时候嘴里干净一点，不准说一些乡下人、破房子、泥巴路那种看不起人的话。你难道忘了！（反过来指责）艾德蒙的病情这件事，你最好少说一点话，免得自己的良心遭到责备，说来说去都是因为你的过错，他才会患上这个病的！

詹米 （遭受了打击）你简直在瞎说！爸爸，你说这样的话我可不会答应！

泰隆 我说的只是事实而已！你一直是他模仿的对象。他从小到大都拿你当英雄一样崇拜！多么帅气的英雄！可是我却压根就没看见你履行过做哥哥的职责，也没见你去好好地告诫他，更没见你做出点什么好榜样能够拿出来给他看看！你就知道教他去做坏事，引他上了邪路！你把他搞得人都还没老心就已经先老了，把你那些所体验到的人间冷暖都灌输到他脑子里去。可是他年轻不懂事，不知道你的满腹牢骚只是因为你自己的这一生没有任何成就。你把全部的过错都归根到了别人的身上，在你眼中的男人全都是些出卖自己心灵的混蛋，世界上的女人不做妓女的就是傻子。

詹米 （想要去辩解又装出嫌麻烦而无所谓的样子）行了，那当是我没有告诫艾德蒙，但是他在那时候早就昏天暗地地胡闹去了。如果我当时装出一副老大哥的样子并用那样的语气去劝告他的话，我肯定会被他讥笑的。因此我只能想办法让他相信我，两人会像知心朋友一样，不管任何事情都会诚实地告诉我，不让他再犯跟我同样的错误。（他耸了一下肩膀，用自嘲语气）而明白这样的道理：哪怕自己不能学好，最起码可以不被人家欺骗。（他父亲轻蔑地不屑一顾。突然间詹米全部的情绪冲动了起来）爸爸，你如果怪我，那才是误解我。你很明白我有多么为小弟感到心痛，我们在一起那么久了，又那么亲近。是跟平常的兄弟情谊完全不一样的！为了他我什么都愿意去做。

泰隆 （稍微带了点感动。柔声安慰着）我明白你的出发点是为了你弟弟好，詹米，我并非说你故意伤害他什么。

詹米 不管说什么全是在放屁！我不知道谁有这么大的能力可以左右到艾德蒙，除了他自己心甘情愿地被影响。你别以为看他外表温驯就能够任意左右他，其实他的内心深处是非常倔强的，他所做的全部举动完全是出于心甘情愿的，如果是别人让他怎么去做他才不会理哩！最近的几年里他干的那些荒谬事和我有什么关系。跑去当水手，走遍了天南地北，这都只是我知道的，还有一些连我也不知道的事情。我当时就觉得那是荒谬到了极点才会有的行为，我很明确地跟他说过。如果你觉得我会喜欢那种在南美洲海滩过着漂流的日子，或者从早到晚住在脏得都不能让人忍受的狗窝里，喝着可以烂掉肠胃的烧酒，那我告诉你那样的生活不是我想要的，我甚至都不敢去想象！我情愿待在百老汇，住在旅馆里，到酒吧喝两杯昂贵的布尔本。

泰隆　你还在提百老汇！就是那个百老汇把你弄成现在这个样子的！（稍微带了一点扬扬得意的语气）无论艾德蒙怎样做，但是他至少有种，能做到一人做事一人当。即使跑到如此遥远的地方，也不会一到钱花光了就跑到我面前伸手找我要。

詹米　（遭受到了打击，嫉妒起来，不服气地反过来讥讽）是的，他有种，还不是每次钱一花光了就回来了？跑得再遥远有什么用？你瞧瞧他现在这个样子！（突然脸上出现羞愧的表情）我的上帝！我怎么能说这样的话，太对不起弟弟了，我不应该说的。

泰隆　（决定不理会他的话）他这段时间在报馆做得挺不错的。我觉得，也许他这次是真的找到他打心底喜欢干的事情了。

詹米　（再次妒忌起来）不就是小城里的破报纸馆！无论他们如何骗你，他们对我说的是弟弟不过是个三流记者。如果不是因为是你的儿子。（又感到羞愧）不，也不是这样对我说的！他们对他的工作给予很高的赞赏，可是他的特长是写特稿。他所写的那些诗和小品、讽刺文章非常的好。（又小气起来）但是那些东西在大报上是不可能登出去的。（急忙补了一句）可是总体来说他总算有了一个不错的开头。

泰隆　对啊,他可总算是开了头。可是你呢,你以前也经常说要去做一名新闻记者,可是你却不愿意从最基层做起。

詹米　啊,看在耶稣基督的情面上。爸爸!别老是跟我唠叨这些事了!

泰隆　(眼神看着他,又把脸转到另一边。停顿了一会儿)也是真够倒霉的,你说这病也真是会找时间,什么时间不好,艾德蒙刚好赶在现在这种紧张的情况下生病。实在是为他感到太不凑巧了。(他在心里又加了一句,心里担心但又不敢乱说)为你妈也感到同样的担心。更倒霉的是,刚好赶上在她最需要好好休养,不能为任何事发愁影响情绪的时候,偏偏就出了这样的事情来让她心里难过。她自打回家以后的这两个多月的时间里过得是那么的好。(他的嗓子变得沙哑了,声音也因此有点颤抖)这两个多月的日子对于我来说是这几年来最快乐和幸福的日子。我们这个家又开始像一个完整的家了。可是,詹米,我也不需要对你说的。(儿子这是第一次用理解和怜悯的眼神看着父亲。突然间父子之间好像有了一层浓厚、相同的感情,面对着这种感情,他们两个人彼此之间的怨恨也能够暂时消失一会儿。)

詹米　(态度非常温和)爸爸,我这段时间也感到非常开心。

泰隆　是啊。这次回家你也应该能够看得出她变得多么健硕和有自信心,跟之前的几次比起来完全就像两个人。她已经可以控制住自己的神经,不会那么的紧张,最起码在艾德蒙生病以前。但是现在她表面上看起来是不紧张了,可是骨子里还是透露着紧张、害怕和担心。如果把他送到疗养院去的话,可以让她不知道这事,可是这又怎么可能办得到,我真是恨不得老天爷来帮帮忙。让人担心的是她父亲也是得痨病死的。她从小最崇拜的就是她的父亲，因此她这辈子永远都忘不了这件事对她的打击。唉，这件事她是真的承受不了啊。但是好在她现在已经有了这个勇气！她现在的意志力是那么的坚强，已经可以面对了！詹米，所以我们大家都得帮帮她，尽可能地想办法来帮她！

詹米 （受到了触动）那是肯定的啊，爸爸。（结结巴巴，又有点害怕说出口似的）除了神经有点敏感以外，从她今天早上状态上看像并没有任何事的样子。

泰隆 （此时又恢复了自信心，大声说）没错，她今天的状态比以前的每一天都要好。你看她那高高兴兴的样子，还在跟人家开玩笑。（突然又紧紧地皱着眉猜忌詹米）看上去她好像没有事？你为什么会这样说，她能有什么事？你说这句话到底有什么居心？

詹米 别又朝我发脾气了！我的老天啊，爸爸，在别的事上我们总是在争吵，可是在这件事上我们应该可以坦诚相见地探讨探讨，没有必要争吵了吧。

泰隆 都怪我不好，詹米。（担心起来）那我也需要你向我说。

詹米 没什么可向你说的。只是我精神过于敏感。就是在昨晚，我觉得。喏，你应该也明白现在这种情形，我怎么都没办法忘记以前的事情，导致现在时不时就会起疑心。你不也是这样吗？（非常憎恨）这样的日子有多么煎熬。最受煎熬的就是妈妈！她从早到晚都在盯着我们看，就害怕我们在监视她。

泰隆 （难过）我知道。（又担心地）那么你究竟看到了些什么？有话你就说出来啊！

詹米 我都说了并没有什么。只是因为我太过敏感的神经罢了。今天早上差不多三点的时候,我睡醒后,听到她在那间没人用过的空屋子里来回走动。然后她又来到洗澡间里。然后我就装作睡着了。她还在客厅里停下来听了听,好像是要听一下我究竟睡没睡着。

泰隆　(假装不在意)天啊,原来只是这样啊?她自己早就已经告诉我是因为雾笛的声音吵得她整夜都没能睡着,还有,自从知晓了艾德蒙病了以后她每天夜里都要在客厅来来回回地走几趟,然后再到他的屋子里去看一看才能放心睡觉。

詹米　(马上认同)你说得一点都没错,她确实走到弟弟的卧室外面去听了一下。(又不是很敢直接地说)但是真正让我惊讶的是听到她独自一人在那间空房间里面。我还记得她每次独自一人跑到那里去睡的时候……

泰隆　这次不一样!理由其实非常简单。昨天晚上因为我打呼噜而吵得她睡不着觉,她如果不搬到那间空屋的话还能搬到哪里去?(忍不住暴跳如雷,拿人撒气)我的老天啊!我真的搞不懂一个人的疑心病怎么能这么重,任何事情都会往坏处去想,跟这样的人在一起怎么可能好好过日子!

詹米　(遭受到了委屈)没必要装模作样了!我刚才不是早就说过了只是我神经过敏吗?只要没发生任何事,我跟你一样地开心!

泰隆　(搪塞)我明白你的意思,詹米。(稍作停顿。随后面色又变得凝重,缓缓地,说话的语气里带有未知的恐慌)如果她现在为了艾德蒙的病情而急出什么事来,那也只能说是命中注定了,逃也逃不掉。就是为了这个孩子的出世,导致她害了一场大病,从那个时候就已经开始。

詹米　难道不是她自己弄出来的！

泰隆　我没有在怪她。

詹米　（咬牙）那么你觉得应该怪谁？难道是怪艾德蒙不应该出生吗？

泰隆　你这个蠢蛋！这件事不怪任何人。

詹米　除了怪那个庸医以外还能怪谁！用妈妈的话来说，那个庸医就和哈第一样，他们两个人都是庸医！你那时候还是不肯拿钱出来请一个医术高明一点的。

泰隆　你在乱说些什么！（暴怒）行，又怪起我来了！你一开始想说的就是这句话，对不对？你这个图谋不轨的流氓！

詹米　（听到他的母亲在餐厅里，提醒道）嘘！（泰隆急忙站起身来，慢慢地走到右面窗户前面向外看去。詹米变了一副说话的语气）好吧，你既然说要我们今天去把前面的冬青树剪掉，那我们就赶紧动手去剪吧。（玛丽从小客厅里走了出来。她带着猜忌的目光很快扫视了一下这个人，又看了看那个人，精神也显得紧绷而不自然。）

泰隆　（从窗户前面转过身来。像是在舞台上唱戏一样，声音非常嘹亮）对，今天的天气如此好，没必要一天到晚待在屋子里。玛丽，过来向窗户外面看一看，海上也没有雾。这一段时间的大雾肯定都已经散了。

玛丽　（走到他身旁）亲爱的，希望是这样。（看向詹米，嘴边露出不自然的笑容）我没有听错吧，詹米，真的是你在说要去前面花园里剪冬青树吗？难道真的是太阳从西边出来了，我想应该是你的口袋里又扁了，急等着要钱花吧？

詹米　（开玩笑）我有过不要钱的时候吗？（朝着母亲眨了眨眼睛的时候也带着嘲讽地朝向父亲看了一眼）干完一个星期的工我还指望

最起码可以领到一块银洋的工资,好让我拿去吃喝嫖赌!

玛丽 （不喜欢他的笑话。两只手的手指不停地抓着胸前衣襟绞来绞去）你们俩刚刚在争吵些什么?

詹米 （耸了耸肩）除了那些话题还能是什么。

玛丽 我就听到你说什么大夫,然后你父亲在骂你图谋不轨。

詹米 （急切地加了一句）啊,原来都让你听见了。我在说我那句经常挂在嘴边的话:哈第大夫在我的眼中根本不能算世界上医术一流的大夫。

玛丽 （知道他在骗她,打着哈哈过去）就是啊,关于这一点我也认同你说的话。（换了一个话题,故作牵强地笑）那个该死的毕妈!一直抓着我不放。把她在圣鲁易那个地方从事警察行业的那位表哥的事情从头到尾全说了一遍。（又紧张、很厌烦的样子）对了,你们两个人不是要去剪冬青树吗?怎么还不去呀?（慌张地）我的意思是说,趁着现在太阳还挺大,雾肚皮还没出来。（声音很怪异,好像是在自言自语一样）我想雾肯定还会再有的。（突然间她很不自然,感觉他们两个人同时在盯着她看。慌慌忙忙地把两手举了起来）我想表达的意思是,因为我有风湿病嘛,所以一到阴天就疼,所以是它们跟我说的。它们预测天气比什么都要灵验呢,詹姆士。（她两眼瞪得很大看着双手,又奇怪又害怕）哎,这么难看的双手!又有谁会相信我的手曾经一度是很漂亮呢?

（他们的眼睛一动不动地盯望着她,心里也感到了恐慌起来。）

泰隆 （抓住她的手,微微地往下推了一下）行了,行了,玛丽。你又这样了。你的手是世界上最美丽的手。（她微微一笑,脸颊上泛出红润的光泽,轻轻地吻了他一下,表示自己很感动。他转过身来和儿子说话）好了，好了，詹米。你妈说我们说得也是对的。既然说了要去做工就得去做。在这么大的太阳下出出汗，可以让你这个大酒鬼的大肚腩瘦一些。（他伸手把纱门推开，走到外面的阳台上，下了几步台阶就来到了草地上面。詹米也从椅子上面站了起来，一边脱掉外衣一边向纱门走去。走到门口的时候他转过身来却没有去看他母亲，她也没有去看他。）

詹米 （声音温柔，却十分的不自在，也十分的不安定）妈妈，我们大家都在说你是一个多么了不起的人，所有人都为你感到高兴。（她听到这样的话，身体突然变得挺拔，带着恐惧却又倔强的目光，看着他。他没有办法，只能在不管三七二十一的情况下说）但是你还要多加小心。别总是惦记着艾德蒙，他就会没事的。

玛丽 （面容上带着一股执拗和十分埋怨的神情）那是肯定的，他绝对会好起来的。更何况，我没明白你有什么用心，要叮嘱我不要担心。

詹米 （碰了一鼻子的灰，满腹的憋屈，只能耸一下肩膀）那好，妈妈，就算是我没说。（他走到外面的阳台上。她非常紧张，眼睛一动不动地看着他，直到他走下台阶。随后她懊丧地往后一坐，坐在了詹米刚刚坐的那张椅子上，她脸上露出一种恐惧而私底下又带着悲观的神情，两只手在桌子上面摸来摸去，没有任何目的地挪动着桌子上的物品。她听到艾德蒙从前面客厅的楼梯上走了下来，就要走到楼梯底下的时候他突然地一阵咳嗽，而且咳嗽得非常严重。她迅速地从椅子上跳了起来，就像是不想听到这声音一样，快速地向右边的窗户跟前走去。不一会儿他就从前客厅里走了进来，进来的时候手里面还拿着一本书。她就站在右边的窗户面前向外看，表面上非常的平静，就好像什么事都没有发生过一样，听到儿子进来的声音就马上转过身来迎接他，嘴角边也露出一种关爱的笑容。)

玛丽　你下来了啊，我正准备到楼上去找你呢。

艾德蒙　我是有意等他们都出门了才下来的。从早吵到晚也不觉得累，我可不想将自己也卷进去，我的身体实在是太不舒服了。

玛丽　(接近抱怨地)哎呀，你就不要再装了，我可没有看出来你哪里不舒服。你可真是个被宠坏了的小孩子。你是想要大家全都关心你的身体，从早到晚地宠着你惯着你。(然后很快地又加了一句)我只是说着玩的。我的儿子，我当然知道你身体不舒服是多么难受。但是你今天已经感觉好一点了，对不对？(焦急地，双手握着他的肩膀)但是不管怎么说，你最近这段时间简直是太瘦了。你必须好好地养养你的身体。米，坐到我身边来，让我来帮你舒舒服服地坐一会儿。你就坐在这里不要动(他老实地坐在摇椅上，她拿了一个枕头过来然后放在了他背后)喏，这样是不是舒服很多？

艾德蒙　感觉棒极了，妈妈，谢谢你。

玛丽　(非常疼爱地亲了一下他)妈妈会在这里照顾你，一直照顾到不能照顾你的那一天。哪怕是你长大成家以后，在我的心里，你永远都是我最疼爱的孩子，这些你应该是知道的。

艾德蒙　(稍稍用力地握住她的手)不用管我。我会好好照顾我自己的，你只需要好好地照顾好你自己就可以了。别的什么都没关系。

玛丽　(不去看儿子的眼睛)我肯定会照顾好我自己。(强颜欢笑)你看，我天天吃，都已经胖成这样了！再这样下去我得把我全部的衣服都收进衣柜里了。(她接着又转过身来，走到右边窗户面前，随后装出一种愉快想笑的声音)你快看，他们都已经开始在那里剪冬青树了。这个倒霉的詹米！他一辈子最讨厌在前院子里面做工，所有的人走过都能看得见他。看那，查特菲尔一家人买的崭新的迈西地牌车刚刚开过去。快看，那车子是那么的漂亮！不像我们刚买来的那辆半旧的派卡车。倒霉的詹米！为了能够躲着不让人看到，他整个身子都要蹲在冬青树后面。他们坐在车子里和你的父亲打着招呼，你的父亲正在忙着跟他们鞠躬回礼，就好似在戏台上戏演完了需要谢幕的时候一样。哎呀，他依旧穿着那件既脏又破的衣服，我跟他说了好多次让他扔掉。（她声音里面透露出抱怨和心疼）真是的，他这个人，一点都不顾及自己的体面问题。

艾德蒙 爸爸不在意别人对他的看法，那是对的。詹米就是个笨蛋，有什么好怕查特菲尔他们的？如果不是住在这贫穷的乡下小地方，谁会知道他们是谁？

玛丽 （听到这话后很赞同）艾德蒙，你说得不错，如果不是在这里，谁会认识他们。小泥塘里的大蛤蟆。詹米太笨了。（她稍微停顿了一下，向窗外看了看。然后口气中带着一点惆怅迷惘的意味说）是这么说。一般像查特菲尔这样的人在社会上还是有那么一点点地位的。我是在说他们所住的全是那种富丽堂皇的高级房子，没有什么东西拿不出手，或者不能见人的地方。他们所有的人也都有自己的朋友，相互之间来往应酬，并没有跟外界有所隔绝，也并不是没有人搭理他们。（她从窗户前转过身来）我并不是说想要跟这群人有什么接触。我本来就不喜欢这个城市，不喜欢本地的这些人。你应该是知道的，我从一开始就并不情愿住到这样的地方来，但没办法，因为你的父亲总是很喜欢这里，一定要在这里盖这所房子,我也只能每年夏天的时候来这里住住。

艾德蒙　那也是,跟整个夏天都住在纽约旅馆里面比起来,住在这里肯定好一点。这个地方嘛,也不算太差,我倒是挺喜欢。应该是因为在其他地方我们根本没有过像现在这样的一个家。

玛丽　我才不会把这里当作是我的家哩。从最初刚开始的那一刻我就感觉不对,任何事情都做得不体面。你父亲根本就不愿意花些钱按照规矩好好地弄一弄。我们在这里没有什么朋友也就算了,哪怕是有,我也不会好意思让他们到我家来。但是他,他根本就不会让朋友来家里聚聚什么的。他最讨厌的就是彼此之间的礼尚往来,他就只喜欢每天从早到晚去俱乐部或者去酒吧,跟他那帮不三不四的朋友打交道。詹米跟你都是一样,可是我不责怪你们。因为你们自从来到了这个地方以后根本没有机会遇见好的人家。如果你们能够结交到一些上等人家的小姐,而不是去那些鱼龙混杂的地方,我敢肯定你们的品德绝对不会是现在这样的,而且你们也不会把自己的名声弄得那么的差,搞得到现在为止没有任何一户体面人家的父母愿意让自己的女儿跟你们两个出去。

艾德蒙　(感到厌烦)行了吧,妈妈,别说这事了。谁会去理会那些人?什么有钱人家的小姐,詹米跟我才不会看上眼呢!说到老头子,都没什么可说的不是吗?他的脾气这一辈子是改不过来的。

玛丽　(脑筋不灵光地责备他)你不应该叫你的父亲"老头子"。你应该带有一些敬意。(木讷)我知道就算说了也没有什么用,但是有时候我都会感觉到那种孤独的心情。(她嘴唇颤抖着,把脸转向别人看不到的地方。)

艾德蒙　还有就是,你也得凭良心说,妈妈。虽然说一开始是父亲的错。可是到了后来你自己也明白,就算他愿意,我们家也不太方便请朋友来家里坐坐。(一说完他就知道自己说错了话,急忙支支吾吾了过去,谴责着自己)我想说的是,你也不会让人家来。

玛丽　(像被踩到痛处一样躲避。嘴角颤抖着,楚楚地)别再说了。只要你一提到那件事我就接受不了。

艾德蒙　千万别这样想!妈妈,算我求求你。我只是想要帮助你而已。如果一直不去提,一直想要忘记,那样根本不好,就是要一直能够记住才好啊,只有记住了才能够让自己不像上次一样。要不然的话,你自己也应该知道,最后的结果肯定还会跟上次一样了。(非常难受)老天啊,妈妈,你可知道我有多么不希望提起这件事情。我之所以会提起完全是因为看到你这次回家以后的日子过得是那么的幸福,我们一家人在一起是那么的高兴。万一发生什么不好的事情……

玛丽　(悲痛不已)就算是我求求你,我的儿子。我明白你是在为我着想,可是……(心里害怕,声音中略微带有辩解的口吻)我不明白你今天怎么会突然说出这样的话来。为什么今天一大早就会想到这种事上面去?

艾德蒙　(掩饰着)其实也没有什么。应该是我自己的身体不太好,导致自己的心情也不好吧。

玛丽　跟我说老实话好吗,为什么你会突然间起这样的疑心?

艾德蒙　我哪有起疑心!

玛丽　不用不承认了,你肯定是在怀疑我。我心里明白的。你父亲跟詹米他们两人也是一样,特别是詹米。

39

艾德蒙　好了，好了，别再乱想一些有的没的了，妈妈。

玛丽　（两只手颤抖着）你们一直这样，我未来的日子只会更加难过，每天从早到晚怀疑这个怀疑那个的。我知道你们一直都在悄悄地监视着我，没有任何一个人是相信我的。

艾德蒙　才没有那种事，妈。我们都非常的相信你。

玛丽　我是多么希望有什么地方可以让我去散散心，离开一天。哪怕只是离开一个下午也好，可以有一个知心的女性朋友陪我谈谈心。不需要谈一些很正经的事情，哪怕只是说说笑笑也好，说三道四的也好，都可以让我把一些难过的事情忘掉。无论是谁做伴都好，除了那个极其愚蠢的用人凯瑟琳！

艾德蒙　（心里非常害怕地站了起来，伸出一只手去搂她的肩膀）不要再说下去了，妈妈。你这是自找烦恼。

玛丽　你父亲每天从早到晚往外面跑。他可以去酒吧，可以去俱乐部，也可以去和他那些好友聚聚会。你和詹米也有自己同龄的朋友。你们全都往外面跑，只有我一人天天待在这个家里，只有我一直是孤孤单单一个人。

艾德蒙　（哄着她）哪有这回事！你又在说胡话了。我们不管谁出去总会留一个人在家里陪着你，要不就是用摩托车带你出去兜风。

玛丽　（怨声）那只是因为你们担心我独自一人在家会出什么事罢了！
（她对着他一脸严肃）我一定要你跟我说，你今天早上的行为举止为什么会那么的奇怪，为什么会令我觉得你应该是要提示我。

艾德蒙　（先是犹豫。然后受到良心的谴责，实在忍不住说出来）那只是因为我的猜疑。昨天晚上你到我房间里来的时候，我其实根本没有睡着。我也知道你在那之后没回到你和爸爸的屋里睡觉。

而是到那间空屋子里去了,还在那里面过了一晚上。

玛丽　那只是因为你父亲打呼噜的声音让我晚上根本没有办法睡觉!我的老天啊,我平时不也是经常自己一个人到空屋子里面去睡的吗?(非常埋怨)我现在终于知道你是怎么想的。

艾德蒙　(极力地否认)我没有在乱想什么!

玛丽　原来你一直在装睡,是为了能在那里悄悄地监视我!

艾德蒙　我没有!我装睡的原因是如果你一看到我因为发烧而睡不着觉的话,肯定又要小题大做的。

玛丽　(不管不顾地)詹米肯定也是在那里装睡,你的父亲也是。

艾德蒙　我们都没有,别再说下去了,妈妈!

玛丽　唉,我实在是承受不了了,艾德蒙,就连你都这样。(她两只手像蜻蜓一样往上飘,没有任何目的,漫不经心地弄了弄头发,突然之间声音里也含着一种报复的味道)就算是这样,那也是你们自找的!

艾德蒙　妈妈!不要再说这样的话了!上次你也是这样说的。

玛丽　你不要再怀疑我了!求你了,可以吗?你太令我伤心了!我睡不着觉就是因为放心不下你。老实说!为你的病你不知道我有多焦急。(她的两只手抓住他的肩膀,脸上也露出恐慌和怜爱的神情。)

艾德蒙　(哄着她)没有必要这样。你明明知道我只不过是得了重伤风而已。

玛丽　是的,是的!我知道!

艾德蒙　可是,妈妈。我希望你答应我,就算我得了什么更严重的病,你也不要担心,要相信我很快就会好的。你可千万别因自己瞎担心而急出病来，一定要照顾好你自己。

玛丽　（忽然惊恐起来）我不要听你说这样的鬼话！你为什么要说这样的话，就好像有什么不好的事要发生似的！你不用担心，我肯定会答应你。我敢跟你打赌，就看你愿不愿意相信！（说到这里的时候心里难免悲伤起来）我知道你心里肯定在想，我以前也跟你说过同样的话。

艾德蒙　我根本没有这样想过！

玛丽　（怨气消散，只感觉到万般无奈）我并不是在怪你呀，我的儿子。我知道你也是迫不得已啊！我们任何人都是没有办法，因为怎样都忘不掉。（声音非常怪异）可是也因为这样才会难过呢。我们大家都很难过。因为任何一个人都忘不掉。

艾德蒙　（一把抓住她的肩膀）妈妈！好了，别再继续说下去了！

玛丽　（牵强地露出笑容）好吧，我的儿子。倒不是我故意说起这些让人不开心的话题。我没事，不用担心我，好了。来，让我摸一下你的头。咦，摸上去也不烧了，凉凉的。你现在已经完全不发烧了啊。

艾德蒙　你还说什么忘不掉！都是因为你。

玛丽　我能有什么事啊，我挺好的。（飞快地，又十分怪异地偷偷看了他一眼）真的没有什么事，除了今天早上感觉有点累以外，别的也没有什么了。估计是太过紧张了，也许是因为昨天一晚上没有睡好的原因吧。我想我真的应该到楼上去休息一会儿了，稍微休息一下再下来吃午饭好了。（艾德蒙出乎意料地用猜疑的目光看了他母亲一眼。紧跟着又感觉到了愧疚，急忙看向别的地方。玛丽慌慌张张地继续往下说）那你打算在这里做些什么？在这里看看书？我想还是到外面去呼吸一下新鲜的空气，晒晒太阳比较好。但是千万要小心点，别晒太久。也别忘了戴一顶帽子。（她在说到这里的时候停住了，眼睛此时正对着他看，他躲开了她的视线，双方谁都没有说话，尴尬的气氛就这么维持了一小会儿。她用讽刺的语气说）也许你是愿意出去吧，是不放心我一个人待在家里？

艾德蒙 （内心酸痛）没有这样的事！希望你别这样说了！我想你还是上楼去好好地休息吧。（他走到纱门前。牵强地装出开玩笑的口气）我也到园子里去替詹米加加油。我可是最爱躺在树荫下面看着他做苦工呢。（他牵强地哈哈一笑，她也一样跟着他装笑。紧接着他走出去到了阳台上，又下了台阶。他走以后她第一个感觉就是身体轻松了下来。看上去她好像没那么紧绷了。她躺在了桌子后面的一张藤椅上，把头倚在椅背上，闭上眼睛。但是突然间她又紧绷得很厉害。她睁开眼睛，身体挺得直直的，张皇失措，浑身颤抖着，闷声闷气地开始跟自己做着斗争。她纤长的手指，关节因为得过风湿病所以非常的僵硬，此时不停地在椅把上面敲打着，就好似受到它们的劳碌命督促，一点也不听她的安排。）

〔幕落〕

第二幕

第一场

景：地点同第一幕，当天下午 12：45 左右。右边的窗户已经没有了太阳光的照射。外面的天气还是很不错，但是逐渐闷热起来。空气里有那么一点迷雾，朦胧的阳光上笼罩着一层什么似的让人看不清。

〔**幕启**，艾德蒙坐在桌子旁边的圈椅上看着书。实际上他很想看书，可是却不能很专注地看下去。因为他好像在侧着耳朵很仔细地听楼上有什么声音。他脸颊上的表情时而紧张又时而害怕，脸上的病容跟前一幕相比较更加的厉害了。

女用人凯瑟琳从客厅里走了进来，她端着的盘子上放着一瓶昂贵的布尔本威士忌、几只喝酒的小酒杯和一樽冰水。她是一个很肥胖的爱尔兰农村姑娘，二十岁，黑色的头发，蓝色的瞳孔，脸颊红扑扑的。从长相来说，其实并不难看。就是做起事来笨手笨脚的，人非常的温和，心肠也很好，但是却极其的愚蠢。她拿着盘子进来后将其放在了桌上。艾德蒙装作在非常认真地看书,没有理会她,可是她却毫不在意。

凯瑟琳　（絮絮叨叨,没有尊卑规矩）喏,威士忌我就放在这里了。马上就要吃午饭了。是我叫你父亲和詹米少爷来吃午饭呢,还是你自己去叫?

艾德蒙　（头依旧埋在书本中）你去叫就好了。

凯瑟琳　我就不明白你的父亲为什么不看看时间。每次吃饭总是为了等他而推迟,因为这事毕妈总是会骂我一顿,拿我当出气筒。你的父亲年纪这么大了,可是依旧这么英俊,我想你这辈子也不会有他这么英俊。就算是詹米少爷也比不上。（她没能忍住地笑了起来）我敢跟你打赌,詹米少爷如果有酒喝的话,根本不会忘掉吃午饭时间呢。如果他有表可以用来看的话!

艾德蒙　（没办法继续不搭理她,只能笑一笑）才不要跟你打赌,肯定是你赢。

凯瑟琳　那我再跟你打个赌,如果是我去叫他们吃饭的话,在这个时间之内你就会在他们没来之前自己偷偷先喝一杯。

艾德蒙　咦,是这样吗?说实话我还真没想到这。

凯瑟琳　你骗谁呢,你会没有想到,谁信呢!

艾德蒙　不过你既然这么说,倒是提醒了我。

凯瑟琳　（突然间变得正经八百）你可别说这样的话,艾德蒙少爷,我从来不会去劝别人喝酒的。唉,我到现在还记得我在爱尔兰老家里的那个舅舅,就是因为喝酒而把自己的命送了。（语气又软了下来）虽然话是这样说,但是偶尔喝上那么一杯两杯也没什么害处,更何况是借酒浇愁可以治一治重伤风。

艾德蒙 我可还要多谢你给我想了一个理由出来。(故意装作心不在焉的样子)你就去叫一下我母亲吧。

凯瑟琳 怎么了?她一般都会准时到的,她不喜欢让人总是去催她的。上帝保佑她,她对我们下人还是非常体谅的。

艾德蒙 但是她在那里休息呢。

凯瑟琳 我刚刚在楼上做完工作的时候看到她并没有睡着。她在那间没有人的空屋子里躺着,睁着两只眼睛。她跟我说她头疼得很严重。

艾德蒙 (他那种心不在焉的态度此时更加的淡薄了一点)哦,那这样说的话,你就先去叫我爸好了。

凯瑟琳 (走到了纱门前面,嘴里还在嘀咕着)难怪我每天晚上两只脚都会疼得要命。这么大的太阳我才不要走到下面去把头晒昏了哩。我就站在阳台上喊。(她走到了旁边的阳台上面,然后把纱门在她身后砰的一声关上,紧接着又绕到了前面的阳台上面去,就看不见她的人了,不多大一会儿,只听到她在叫喊的声音)泰隆先生!詹米少爷!可以吃饭了!(艾德蒙这个时候用惊慌的目光看着前面,此时听到叫喊声,紧张得也不管手里的书了,直接一下就跳起身来。)

艾德蒙 这个死丫头!(他一手抓过酒瓶来,又拿过杯子倒了一杯,还加了一点冰水就喝了,就在他喝酒的时候,刚好听到有人从前门进来了,他赶紧把酒杯放回原来的地方,然后坐了下来,打开书。刚打开书,詹米就从前客厅里走了进来,脱下外套放在自己的胳膊上,他把硬领子和领带也顺便解了下来,拿在手上,另外的一只手拿着毛巾不停地擦着额头上面的汗水。艾德蒙将头抬了起来,就像正在认真看书突然被人打扰到了的样子，詹米一眼就看见了桌上的酒瓶跟酒杯，嘴角也露出一丝蔑视的笑容。）

詹米　嘿，刚偷偷喝完酒，对吗？老弟，没必要演了。你演戏的功夫比我还差呢。

艾德蒙　（嬉皮笑脸）是啊，我趁你们都还没来之前先偷偷地喝了一杯。

詹米　（友善地将一只手搭在了弟弟的肩膀上）就像现在这样，说实话不就好啦。为什么连我都要骗？我们俩难道不是最知心的朋友吗？

艾德蒙　我又不知道进来的是你。

詹米　我已经叫老爹看着他的表，当凯瑟琳在阳台上叫的时候，我都差不多快走上阳台了。我们家的这只爱尔兰小鸟！叫的声音实在是太难听了，我觉得她还是比较适合去火车站当报站员。

艾德蒙　我正是因为受不了这个声音才会喝了杯酒抵抗一下的。怎么样？你也趁这个大好时机偷偷地来上一杯？

詹米　那你这句话可是说到我的心坎里去了。（他快速走到右边窗户跟前）刚才老爹还在跟那个老头子杜纳尔船长聊天。你看，他现在还在那里跟他聊着呢。（他走回来又倒了一杯酒，也加了一些冰水喝）我看还是小心一点好，你又不是不知道他那双眼睛跟老鹰似的看得可准了，每次倒一杯酒出来喝的时候他都会暗暗在瓶子上作一个记号。（他喝完酒后又倒出一小杯水放在威士忌里使劲地摇了两下）喏，这下子是不是就看不出来了。（他紧接着又倒出来一小杯水递到艾德蒙跟前）那这一杯水就是你喝的了。

艾德蒙　这真是个好注意！可是你确定这样可以骗过他吧？

詹米　谁知道呢，就算骗不过，可是他也绝对没有证据可以拿出来。

（一边说，一边扣上硬领，打起领带）我现在只希望他不要只顾着聊天而把午饭忘记了。我饿得不行了。（他在桌子的另一边面对艾德蒙坐下。很烦躁地）我不愿意在前面花园里做工就是因为这个。不管任何人走过，他都要装模作样地献一下丑。

艾德蒙 （烦躁地）那你还算运气好，会感觉到肚子饿。我是浑身不舒服，就算一辈子不吃饭也没啥关系。

詹米 （很关心地看了他一眼）喂，老弟。你应该知道，我从来不会去训斥你什么，但是哈第医生也没说错，酒这个东西你还是少碰才对。

艾德蒙 我知道，等到今天下午我去跟他谈完话，知道是好是坏以后再停也不迟。现在先喝一点也没多大关系。

詹米 （停顿了一下。然后慢慢地）你现在在心理上已经有了准备就好。等大夫告诉你坏消息的时候也不怕你手足无措。（他意识到艾德蒙在朝着他瞪眼）我的意思是说，毋庸置疑你是真病了，最好不要自己骗自己。

艾德蒙 （心里不安）我才没有骗自己。我的身体有多么不舒服我自己还不知道吗，晚上又是发烧又是发冷那可不是一般的难受。我想哈第医生那次猜测得没有错。晚上的时候我还真的在发抖。

詹米 也许是，但是也不能大意。

艾德蒙 怎么了？那你觉得会是什么？

詹米 我上哪知道去？我又不是大夫。（突然转移了话题）妈妈呢？

艾德蒙 在楼上休息。

詹米 （看了他一眼）她是什么时候到楼上休息的？

艾德蒙 啊，我想想，差不多是我到前院子来的那个时间。她说她要去楼上休息一会儿。

詹米 你怎么没告诉我。

艾德蒙 （为自己辩解）这有什么关系吗？她太累了。她昨天晚上一整晚都没好好地睡觉。

詹米 我知道她没睡觉。（两个人都没说话，兄弟两人都不敢看着对方。）

艾德蒙 昨天晚上的雾笛声把我也弄得一晚上没怎么睡好觉。（紧接着两人又是沉默。）

詹米 原来她一早上都在楼上待着？你都没有看见她吗？

艾德蒙 没有，我一直都坐在这里看书。我想让她有机会可以安心地睡一觉。

詹米 那她有说会下来吃午饭吗？

艾德蒙 肯定下来。

詹米 （冷淡地）没有什么事是肯定的。她有可能不想下来吃午饭。也有可能她又会自己一个人躲到楼上去吃。之前她也做过这样的事，不是吗？

艾德蒙 （既担心又害怕）詹米，你别再说了！你怎么别的不想就只想到……（合情合理）你要因为这事起一些疑心，那你全错了。刚刚凯瑟琳还在说看到她了的，妈并没有跟她说不下来吃饭。

詹米 照你这么说，她并没有在睡觉。

艾德蒙 那个时候她还没睡，凯瑟琳说她在床上躺着。

詹米 她在那个空房子里躺着？

艾德蒙 对啊，你可真是要命。就算她一个人在空房子里又怎么样？

詹米 （发作）你这个笨蛋！你怎么能让她一个人待在那间空房子里那么长时间？为什么不去陪陪她？

49

艾德蒙　那是因为她责怪我。也责怪你和爸爸。说我们为什么总是像看管犯人似的看管着她，为什么总是这么不信任她。你没看到她说这些话的样子，她那样说让我的内心感觉到很愧疚。我知道她有多么的难受。而且她也赌咒发誓，说肯定会。

詹米　（不厌其烦的模样，狠声地）你应该知道她那一套完全靠不住的。

艾德蒙　这一次我相信是真的。

詹米　之前的几次我们都相信她说的是真的。（他将手伸到桌子那边去，十分友善地一把抓过弟弟的胳膊）弟弟，你听我跟你说。我知道你一直觉得哥哥是一个混蛋，任何人都会去相信，可是这种把戏我见到的要比你多太多了。你是在进了中学住堂以后才知道家里所出的事情。是因为在那之前爸爸跟我为了不让你担心瞒着你。我知道这个秘密都已经有十多年了，在知道瞒不过你的情况下我们才有选择地跟你说的。她所用的一些计谋我是知道的，可以说是明明白白的，因此今天早上我脑子里面就在想，她昨天晚上起来以为我们都睡着了，然后就形迹可疑。我脑袋里面所想的一直就是这件事情。我没想到的是你现在会告诉我说她一大早竟然就把你支开，然后自己一人躲在那间空房子里。

艾德蒙　她并不是把我支走！你完全是疯了！

詹米　（搪塞他）好吧，小弟。别总跟我吵架了。我和你一样，我真的情愿自己是疯了。你知道，这段时间我有多么开心，这种开心让我都快相信这一次是真的。（他突然不说话。朝前客厅外边的穿堂看了一看。随后压低声音，神色慌张地）她下楼来了。也许你说的是对的，我实在是太多疑了，我可真是个混蛋，太不应该！（兄弟两个人同时紧张起来，因为又需要往好处想可是想了又害怕得到的会是失望。詹米低声嘀咕）该死！真应该再多喝一杯。

艾德蒙 我也这么觉得。（他因为神经太过于紧张，而干咳了两声，可是没想到紧跟着就大声咳嗽了起来。詹米用担忧连带怜悯的目光看着他。玛丽从前客厅里走了进来。最开始她的样子跟平常没什么两样，跟之前比没有那么紧张了，好像回到了早餐后一开始看到她那个时候的样子，但是没多长时间就发现她的眼睛有点异常，比刚刚稍稍亮了一些，而且行为举止上有一种非常恍惚的感觉，一副忐忑不安的样子。）

玛丽 （好像非常着急一样走到艾德蒙身边，两只手抱住他的肩）你千万别像刚才那样咳嗽了，那样对你的嗓子非常不好。别弄得伤风都没好又加上嗓子痛。（她亲了一下他。他努力地止住了咳嗽，歪着眼，非常担心的模样，飞快地朝她看了一眼。他虽说一肚子的疑虑，可是母亲的慈爱让他暂时感到放心，也让他只往好处去想。詹米只是在一旁用尖锐的眼光看了她一下，马上就明白自己心里所害怕的事情变成了事实。他低着头两眼看向地面，脸上不露声色，只是有一种苦涩、绝望却装作很不以为然的表情。玛丽还在继续说着话，自己也坐在艾德蒙圆椅的手把上面，她用一只手抱着他的肩膀，这个姿势让她的脸庞就靠在他的脑袋后面，让他没有办法看见她）哎呀，我怎么一直限制你的自由，不让你做这个，不让你做那个。我的儿子，你要理解我一下，我只是希望你能好好地养好自己的身体。

艾德蒙 妈，我知道，我能理解你。你自己现在感觉怎么样？有没有休息一下？

玛丽 嗯，休息了一会儿感觉好多了。你到外面去的时候，我就上楼去床上躺着了，从那时一直躺到现在。昨天一晚上我都没有睡好，不过现在补得差不多了。所以我现在都不会觉得紧张了。

艾德蒙 那就真是太好了。(他用手拍拍母亲放在自己肩上的手。詹米用一种奇异的、接近蔑视的眼光看着他，因为他不知道他的弟弟说的到底是真话还是谎话。艾德蒙的目光都放在他母亲的身上，所以并没有看到哥哥这种表情，可是他的母亲却看见了。)

玛丽 （牵强地装作逗笑的口气）我的老上帝，詹米啊，你的脸色怎么这么难看。又发生什么事啦？

詹米 （把脸转到别的地方不去看她）什么事都没有。

玛丽 哦，我都忘记了今天一早上你都在前面的花园里做工，因此现在才没精打采的，对不对？

詹米 随便你爱怎么说就怎么说，妈。

玛丽 （依旧是那样的口气）每次让你做点工最后的结果都是这样？完全就像是一个被宠坏了的大孩子！你觉得我说得对不对，艾德蒙？

艾德蒙 他就是一个笨蛋，只是做一点工而已，有什么可在乎的，还怕什么丢脸？

玛丽 （十分怪异的声音）没错，想要不怕丢脸最好的方法就是自己不要去在乎。（她看见詹米非常愤怒地看着她，赶忙换了一个话题）你们的父亲呢？我刚刚听到凯瑟琳叫了他的。

艾德蒙 詹米刚刚说他还在和杜纳尔船长那个老头儿在那里聊天。他又来晚了，每次都是这样的。（詹米站起身来，走到右边的窗户面前，趁着这个机会转身背对着所有的人。）

玛丽 我自己都不记得跟凯瑟琳说了多少次了，他在哪里就应该到哪里去请。你看看她还是那样扯着嗓子大喊，粗声粗气地，弄得我们这里就好像是包饭的地方！

詹米 （目光看向窗子外面）她不是已经走到父亲面前去请了吗。（嘲讽的语气）怎么能这么随意地就去扰了"金嗓子"跟人的聊天呢！实在是太不尊重了。

玛丽 （严厉声——道出了她此时对眼前这个儿子厌烦的情绪）你不觉得你应该对你的老爹尊敬一些吗！不许再嘲笑你的父亲！真是岂有此理，如果你再这样，我不答应！你应该以能做他的儿子为荣！虽然他有他的缺点，但是谁没有缺点？你要知道他一辈子是多么的辛苦。哪怕他的出身是贫穷的，没有努力地读书，但是他在他的那一行总是做到了最高处！没有任何一个人是不敬佩他的，除了你，只有你总是不敬佩他。你这个人，如果不是有这样好的爹，你觉得你这一辈子可以好吃懒做、懒懒散散的？（詹米被骂得真生气了，转身过来两只眼睛里带着怒气，又带有控诉的敌意看着她。她语气软了下来，觉得自己说得太重了，又补上了一句，但是已经带有一点哄的口吻）你老爹的岁数也大了，詹米。你这个做儿子的也应该多体谅他一点儿。

詹米 我是应该！

艾德蒙 （生怕出什么事情）啊，好了，不要再吵了，詹米！（詹米又将眼神看向窗户外面）我的天，妈，你也真是的，干吗突然就跟詹米过不去？

玛丽 （埋怨地）那是因为他只知道嘲笑别人，永远只知道去找别人的缺点。（突然很怪异地又变得漠然，一副"跟我没有任何关系"的口吻）我也不想再多说什么了。我想也许他这一生遭遇的事情让他不得不这样,有可能他自己也不想的。可是人活在世上就是这样,发生一些倒霉的事自己却没有任何办法。甚至有些时候不好的事发生在自己身上的时候,都还觉得自己无缘无故地为何如此倒霉。但是当事情发生了以后,你只能选择放弃这件事去做另一件事。一次错,到最后全盘都错,所有的事情都不是你自己心里所想要做的,那一辈子也就回不了头。(艾德蒙看到他母亲说这些话时那怪异的模样,心里恐惧了起来。他抬起头来刚想要去看着她,她却把眼睛转到别的地方去。詹米回过头来看了他一眼。很快又看向了窗户的外面。)

詹米 (萎靡不振地)我的肚子都饿扁了。老爹怎么还不过来。他这种脾气我可真是受不了,每次吃饭的时候总是最后一个到,最后还要埋怨菜凉了。

玛丽 (只不过在表面上,呆滞地表示着不高兴,实际上心里无所谓)没错,詹米,真是让人觉得难受。你不知道这有多么的难受。你又不需要当家也不需要去应付一帮在夏天临时雇用的工人,他们都明白这份工作并不是长期的,所以做起事来总是敷衍了事。真正好的用人都去那些招长期的人家里了,没有人愿意只在夏天才需要短工的人家里做。更何况你的父亲就连夏天较高的工钱也不愿意出。因此每年一到夏天我都要对付这帮乡里过来的又蠢又懒的新人。算了,不说了,我的这几句话你们都听了不下一千遍了。哪怕是你父亲听我这样说,也是左耳朵进去右耳朵出来。他的想法就是,如果在自己住的房子上花钱就相当于是在浪费。他这辈子就只知道住旅馆,而且住的还不是上等的旅馆,而是次等的。他完全不了解何谓家。就算是有家,他也住得不舒服。但是他想要一个家。他甚至为拥有这个老破小而感到自豪。他还真不是一般地喜欢这个地方哩。(她笑了笑。好像百般无奈,同时又觉得好笑)现在想想也觉得真好玩。你父亲就是这么个古怪的人。

艾德蒙 (又忐忑不安地抬起头,想去看一下她的眼神)我的老天呀,你干吗要啰唆这么一大套。

玛丽 (马上表现出漫不经心。拍了拍小儿子的脸颊)没什么事,我的儿子。我只是又在犯傻了而已。(她的话还没有说完,就看见凯瑟琳从会客厅进来。)

凯瑟琳 (振振有辞)可以开饭了,太太。你让我到园子里叫老爷吃饭,我就去了,虽然他说马上来,但是到现在还在那里跟那个人讲个不停,说些陈芝麻烂谷子之事。

玛丽 (漫不经心地)行了,凯瑟琳。去跟毕妈说没有办法,只能再多等一会儿,等老爷进来以后再开饭。(凯瑟琳嘀咕了一声"知道了,太太",从后客厅走了出去,嘴里还自言自语地在抱怨。)

詹米 真是讨厌!你为什么不让先开饭,还要去等他。他已经说过让我们先吃的。

玛丽 (带着一丝微笑)他嘴上说是那样说,但是他的心里并不是那样想。难道你还不知道你父亲的那个臭脾气吗?如果我们先吃了而没有等他的话,他会很不开心的。

艾德蒙 (一下跳了起来。好像很高兴可以趁这个这机会走开)我再去叫他一下。(他走出去站到了旁边的阳台上。不一会儿,只听到他的声音暴躁地从阳台上响起)喂!爸爸!你快点来吧!不应该让我们一直等下去吧!(玛丽此时早就扶着她椅子上的把手站了起来。

她的两只手在桌子上胡乱地摸索着。她也没有朝詹米那里看,可是她能感觉得到他在用一种疑虑的眼光盯着她的脸孔和双手。)

玛丽　(紧张地)你干吗总是这样瞪着眼看我?

詹米　难道你自己不知道吗?

玛丽　我上哪知道去。

詹米　我的上帝啊,你认为这样你就可以骗我吗?妈,我的眼睛并没有瞎啊。

玛丽　(此时眼睛看着他,脸上却摆出迷茫、不知道别人在说什么、无论怎样都不承认的神情)我完全不明白你在说些什么。

詹米　你怎么可能不知道?对着镜子好好看看你的两只眼睛!

艾德蒙　(从阳台上走了进来)我终于把爸爸催动了。他马上就来了。(眼睛从哥哥的身上再看到妈妈身上,母亲躲开了他的视线。不安地)怎么了?有什么事,妈妈?

玛丽　(被他察觉了心里感觉到十分不舒服,马上怨天尤人,神情激动起来)你哥哥可真是没大没小的。他一直在那里用想说又不说的话打击我,我都不明白他到底想说些什么。

艾德蒙　(突然转向詹米)你这个混蛋!

玛丽　(更加慌张起来,一把抓着艾德蒙的手臂。紧张得不得了)快点闭嘴,你听到吗?怎么可以在我面前说这样的脏话!(突然间她的声音和行为又变成之前那种奇奇怪怪、好像任何事物跟她都没有关系的模样)你误会你哥哥了。之前所发生的一切让他变成现在这个样子,他自己也不想的。你父亲也不想的。包括你、我都是不想的。

艾德蒙　(一下子惊恐起来。在绝望中还怀有一线希望)他瞎说!这根本是在乱说一气，对不对，妈妈？

玛丽 （一直躲避他的视线）你说什么是在瞎说？你现在怎么也变得跟詹米一样，叫人完全猜不懂你到底在说什么。（说到这里时她看到小儿子的眼睛里带着那种十分悲痛却又责备她的神情，磕磕巴巴地）艾德蒙！不要这样！（她把眼睛转向别处，马上恢复了刚才那种置身事外的样子。安逸地）喏，你父亲已经走上台阶了。我得去跟毕妈打声招呼，可以开饭了。（她从会客厅里走了出去。艾德蒙一步一步地向他椅子的另一边走去，脸上的神情非常难看，没有一点希望的模样。）

詹米 （依旧站在窗户前面，也不回头）你还有什么话说吗？

艾德蒙 （依然不愿意承认他哥哥的想法。力不可支地强行辩解道）什么叫还有什么话说？我只是在说你说谎。（詹米又耸了一下肩膀。突然间只听到前面阳台的大门开启又关上的声音。艾德蒙呆滞地说）爸爸进来了。祈祷他最好能大方一点，拿一瓶酒出来给我们大家喝喝吧。（泰隆从前客厅里走了进来，一边走一边穿上外套。）

泰隆 实在是对不起大家，我来晚了一步。杜纳尔船长走过来跟我聊天，话匣子只要一打开就没完没了。

詹米 （并没有转身，冷淡地）原来先打开话匣子的是你啊？（他父亲看了他一眼，很是厌烦的模样，之后走到桌子跟前两眼看了一下，想看看瓶子里的威士忌还剩下多少。詹米都不用转身就已经大概知道他在做些什么了）不用看了，瓶子里面的酒没人动过。

泰隆 我才没有去注意那个。（刻薄地补上了一句）如果你在家里，瓶子里剩下多少也没关系，你的一些计谋我还不知道？

艾德蒙 （呆滞地）你的意思是不是在说让大家来喝一杯？

57

泰隆　（对他皱了一下眉头）詹米因为今天一早上都在做苦工我允许他喝一杯很正常，但是对你我可不客气了。哈第医生说你不能喝酒。

艾德蒙　只是喝这么一杯而已，又喝不死我。爸爸，我感到全身上下一点劲都没有。

泰隆　（看了他一眼，内心十分担心，装出一副兴高采烈的神情）这样的话，你也来喝一杯吧。吃饭之前稍微喝一点上好的威士忌，开一下胃，没有比这个更好的补药了。（艾德蒙站起身来，从他父亲的手中接过酒瓶，替自己倒了满满的一大杯，泰隆皱起眉头表示不满）我刚刚不是说只需要略微地喝一点吗。（他自己也倒了满满的一大杯，随后就把酒瓶递给了詹米，嘴里还在嘀咕着）跟你说一百遍"略微地"都是浪费口水。（詹米直接忽视掉这句话，只是自顾自地倒了一大杯酒。父亲满脸不高兴，但是却没有办法，之后又马上活跃起气氛来，高举酒杯）行了，祝大家这一生都可以开心，幸福！（艾德蒙在听到父亲说这样的话时露出了苦涩的笑容。）

艾德蒙　还真是能开玩笑！

泰隆　怎么了？

艾德蒙　没事，我敬你一杯。（大家喝酒。）

泰隆　（此时也感受到周围的气氛有点不太对劲）你们大家这是怎么了？屋子里面让人感觉闷得透不过气来。（转过身来带着怒气地看着詹米）你说要喝一大杯就给你倒了一大杯，你还要怎么样？为什么还是这样拉耷着脸，像人欠你几百万似的？

詹米　（耸了一下肩膀）等一会儿你也不一定能高兴得起来。

艾德蒙　别再说了，詹米。

泰隆　（稍许有些不自然起来，改变了一下话题）刚刚不是说开饭了吗？我都饿得快不行了。你妈呢？

玛丽　（从会客厅里走了出来，高声回应着）啊，我在这里。（她走了进来，慌慌忙忙的、很不自在。在她说话的那一刻眼睛朝四处看了看，就是不看向这三个男人的脸）我可是费尽千辛万苦才把毕妈应付过去。她一听到我说你又晚到，就大发雷霆，这倒也不怪她。她说午饭时候的肉就算一直放在烤炉里烤干了都是活该，你愿意吃就吃，她才不会管哩。（越讲越来气）算了吧，我也不管了，既然你自己都不上心，我也懒得一个人努力地去维持这个家！你什么事都不管，也不肯稍微帮帮我！家里的事就算只是让你稍微动动手指你都不愿意！你到底是不是这个家的顶梁柱啊！你完全不想要这个家！或者说你也从来没有要一个家的想法。从我们结婚开始！这样想来你当初就不应该结婚，应该永远单身，每天就住那种又脏又破的旅馆，从早到晚请你那些狐朋狗友到酒吧喝酒！（接着她又用一种怪异的声音补上了一句，好像说话的对象只是一个陌生人而并不是她丈夫）如果是这样的话那就什么问题都不会有了。（所有的人都看着她。泰隆现在总算知道了。突然间他就像变成一个历经沧桑、悲伤的老头子。艾德蒙看着父亲，看得出来他也是知道的，但是还是想办法提醒了他母亲一下。）

艾德蒙　妈！别说了，快来大家一起吃饭吧，饭菜都凉了。

玛丽　（好像突然恢复过来似的，脸上立刻又做出那种任何事与自己无关的怪异表情，还带着一丝微笑，好像发生什么讽刺的事让她忍不住偷笑了起来）你看，哪怕是在现在这个时候还在跟我翻一些陈年旧账，就不能体谅体谅吗，明明晓得你父亲跟詹米的肚子有多么饿了。(用一只手抓着艾德蒙的肩膀。一脸慈爱，与此同时又好像漫不经心一样) 我真的期望你今天的胃口能稍微好点，我的儿子。你可真的要多吃一点才好。(她眼睛在看向桌子的时候突然看到桌子旁边有一只威士忌酒杯。十分气愤地问) 这里为什么会有一只酒杯？难道你喝了一杯酒？咳，你怎么能喝酒啊？酒对你的身体有多大的危害，难道你不知道吗？(她转过身责备泰隆) 这都应该怪你，詹姆士。身为父亲，明知道他的身体状态怎么还能让他喝酒呢？他不知道酒对他身体的危害有多大，难道你还不知道吗？你忘记我父亲了？他就是在生了病之后还继续喝酒，完全不听医生的话，他说医生都是笨蛋！他跟你一样，把威士忌当作补药！(说到这里的时候她眼中溢出令人害怕的凶光，说话也变得磕磕巴巴) 当然，这根本不是一码事，两者不能相提并论。我也不清楚我怎么会这样。对不起，詹姆士，我不该这样对着你发脾气。也许只是稍稍地喝一小杯酒而已，对艾德蒙的身体也不会带来什么危害。说不定就像你说的对他的身体还真的有好处，至少能使他开开胃。(她连逗带哄地摸了摸艾德蒙的脸颊，那种不知所措的模样又表现在她的举止里。他把头转到一边，让人看不到他的脸。她好像并不在意，只是呆板地转过身去。)

詹米 (大声叫喊，他不就是为了不让人知道他现在的神经有多么紧张吗) 我的上帝啊，我们先去吃吧。我一早上都在冬青树下面的脏泥巴地里做工，现在总算是能够好好地吃一碗饭了。(他从父亲的后面绕了过来，眼睛也不去看他母亲，伸出手抓住艾德蒙的肩膀) 走吧，小弟。我们先上去吃饭。(艾德蒙听到哥哥的话后起身站了起来,眼睛依然不看向他母亲。兄弟俩从她身边走过,往后客厅里走去。)

泰隆 (刻板地)嗯,你们和妈妈先上去,我过一会儿就来。(兄弟两人只是自顾自地向前走,并没有等她。她看着他们走在前面的背影,心里万般的难受,却想不出任何解决办法,刚准备要跟着他们一起走进去。可是感觉到泰隆的眼睛一直看着她,他可以感觉到那种眼神里充满了悲伤和责备。猛地转过身来,可是她的眼睛并没有敢跟他对视。)

玛丽 你这么一直盯着我看什么?(她的两只手情不自禁地向自己的头发伸去,整理了一下头发)难道我的头发乱掉了吗?昨天晚上的雾笛吵得我一整晚都没有睡好,今天早上感觉累得要命。随后我就在想我是不是要上楼去休息一下,结果不知道怎么就睡着了,休息一下后感觉精神好多了。可是我记得起来以后有梳头的啊。(牵强地笑了一下)应该是我没办法梳得太好吧,没办法,因为我的眼镜不知道去了哪里。(厉声)请你不要再这个样子盯着我看了!你看我的样子就好像我是一个犯了什么重罪的犯人一样,(又央求他)詹姆士!你不会明白!

泰隆 (怒气冲冲)是,别的我全部都不明白,我只明白我是这个世界上最笨的笨蛋,我相信了你所说的话,可是最后的结果却是我上了一个大当!(他说完从她身边走过,坐在桌子前面为自己倒了一大杯酒。)

玛丽 (脸上摆出一副顽固、怎么样都不承认的神情)我不明白你所指的"相信了我所说的话"到底是个什么意思。我能感觉到你们所有的人都不相信我且在监视我。(责备他)你怎么又倒了这么一大杯？你以前在午饭之前从来不会喝超过一杯酒的。(悲痛地)我已经能知道最后的结果了。今天晚上肯定又要喝醉了,对不对。算了吧,你这样也不是第一次。也许可以说已经是第一千次了,对吗？(她又实在忍不住继续央求)唉,詹姆士,就算是我求求你吧！你根本不明白我心里所担心的事情！我每天都在为艾德蒙担心着！我怕他……

泰隆　玛丽,不需要用别的话来转移话题,我不要听。

玛丽　(悲痛万分)转移话题？你是认为我？哎呀,你能不能不要往那个方面去想,我是不会又成那个样子的！詹姆士。(突然又变成那副心不在焉、什么事都与自己无关的模样。不痛不痒)我们俩先吃午饭吧？就算我没什么胃口,可是我知道你饿了。(他慢慢地走到她站着的地方。他的脚步很慢,他走路的模样看起来就像是一个濒临死亡的老头子。当他来到她身边的时候,她十分痛苦地哀求起来)詹姆士啊,我会竭尽全力地想办法不这样的,我想尽了所有的办法,你一定要相信！

泰隆　(虽然感觉到生气,可是在难过的同时又带有毫无办法的模样)玛丽啊,我明白,我明白你很努力地在想办法不这样。(极度的悲痛)但是看在上帝的分上,你为什么就不能绝对一点,再努努力？

玛丽　(又摆出一副满脸不承认的脸孔)我不明白你所说的是什么意思,我还要努努力去做什么？

泰隆　(失望地)算了罢,就算现在说了也没什么用了。(他继续向前走着,她走在他的旁边,两个人一起走进了会客厅。)

〔幕落〕

第二场

景：同上幕，大约过了半小时以后，桌子上的那瓶威士忌和托盘早已被人拿走。剧幕开始时一家四口刚吃完午饭从后餐厅里面回来。玛丽是第一个从客厅里走进来的。她丈夫紧紧地跟在后面出来。他跟第一幕开始的时候不一样，并没有两人吃完早点一同进来时那样甜蜜的模样。他并没有拥抱着她也没有正眼看她。他一脸都是责备的表情，与此同时还包含着疲惫、厌倦又没有任何办法的态度。詹米和艾德蒙也跟在父亲后面。詹米一脸难看，一副什么都无所谓、"你又能拿我怎样"的神情。艾德蒙本来也准备模仿哥哥这种任何事情都不放在眼里的神情，可是又学不像。很明显，他内心深处极其的苦痛，身体上的病痛也在不断地折磨他。

〔**幕启**，玛丽的神经又开始出现极度的紧张，就好像跟家人吃这顿午饭完全让她受不了。尽管如此，她又显现出来之前那副十分怪异的超然的表情，就好像她神经的紧张和逆境没有任何关系一样。

〔她一边走进来一边说着话，嘴里一直在絮絮叨叨、心不在焉地说着家常话。她好像并不在意别人有没有在听她说，因为就连她自己都没有在意似的。可是她还是继续边走边说，然后走到了桌子的左边站着，面向前面，一只手在胸前的衣领上胡乱地抓着，另一只手在圆桌上面摸索着。泰隆拿起一根雪茄点燃，随后走到纱门的前面，呆呆地望着窗户外面。詹米从后边书橱上面的罐子里取出一些烟丝将烟斗装满。一边点着烟斗一边走到右面的窗户向外看去。艾德蒙则在圆桌子旁边的一张椅子上坐下，将身体转向一边，不去看他的母亲。

玛丽　算了吧，不去找毕妈的麻烦了。反正就算找了，她也绝对是不会搭理的。我想吓吓她都完全没有什么作用，要是吓唬她，她反倒会吵着要走。更何况，她有时候干得还不错，也是需要去讨好的。最碰巧的是每次当她干得很好时，詹姆士，你总是最后一个到，让我们大家等，让她要一直看着开饭的时间，还要一次又一次地热饭热菜，所以她才会发脾气。不过这样也还好，并没太大的关系，不管她出力还是不出力，做出来的吃的也没有区别。（她忍不住笑了一声，自己也感到好笑。毫不在意地）没关系。马上夏天就要结束了，真是感谢老天啊，马上又要上演我们坐上火车东奔西跑的戏剧，住那种又破又脏的二三流小旅店。我这一生已经住够了旅馆，但是最起码我不会拿旅馆当作是我的家，也不必去作像维持一个家似的诸般努力。我们不可能去指望毕妈跟凯瑟琳把这个地方当作自己家一样地尽心。她们用人也明白这里并不是我们的家，因为连这个家的主人都不把它当作一个家去对待。这里能算是一个家吗，不，不能，这里永远都不能称之为是一个家。你只能说它是一座房子，一个寄住所。

泰隆　（非常生气，头也不回）这里肯定不能算是一个家，以后也不能称它为一个家了。但是曾经这里也算是一个家，在你没有……

玛丽　（脸上立刻摆出绝对不承认的模样）在我没有什么？（周围的气氛像死一般的静默。紧接着她马上又回到她那种超然的模样）算了吧，你也没必要再辩解了，我的好丈夫，你脑袋里面想的任何事情反正都是错的。在你心里这个地方对于你来说根本就不是一个家，你喜欢的地方不是俱乐部就是酒吧。而我呢，只能一个人待在这里,孤孤单单的,就像我们在奔波的路上住过的那些又脏又破的小旅馆一样,过一晚上也就走了。一个真真正正的家里怎么可能会如此的冷清。我从前有过一个温暖的家庭——我父亲的家你应该已经不记得了。后来为了嫁给你,我从那个温暖的家里离开。(她的脑袋里好像突然想到了些什么,随后转身看向艾德蒙。她摇身一变带着慈母的关爱,但是依旧带有那种超然、古怪的意味)艾德蒙,我真的很为你感到担心。你午饭根本没吃多少东西,你这样下去身体怎么能承受得了。我是因为没什么胃口才不吃,反正我最近长得有点太胖了,但是你必须要吃东西啊。(语气里带着那种哄小孩的调子)我的儿子,答应妈妈每天要多吃一些东西,别让妈妈担心。

艾德蒙 (呆滞)是,是,我知道了妈妈。

玛丽 (摸摸他的脸颊,他只能牵强地不去闪躲)真是个乖孩子。(紧接着又像刚才那样死一般地静默。就在这个时候前面穿堂里的电话铃声响了起来,所有人的身子同时直挺了起来,感觉慌张。)

泰隆 (急忙说)就让我去接吧,麦贵说过要给我打电话。(他朝着前客厅走去。)

玛丽 (不在乎)麦贵。我敢说肯定是他又有一块地皮要卖出去,也就只有你父亲明知道是他下的套还会往里钻。不过已经不用去管他了,但是从前的时候我总是会想,你的父亲舍得花这么多的钱去买一块地皮却不舍得花钱给我一个温暖的家。(她没有继续说下去而是聚精会神地竖起耳朵去听客厅里面传过来的泰隆的说话声音。)

泰隆 哈啰。(牵强装做出开心的样子,大叫)哦,是您啊,医生,您好吗？（詹米听到这句话马上从窗户前面转过身来。玛丽的手指更加急切地在圆桌子面上来回地转动。泰隆的说话声音里带着勉强的沉稳，从他的声音可以听出来电话里传来的并不是什么好消息）哦，我知道了——（急忙地补了一句）那就等到你今天下午见到他的时候再详谈吧。是的，他会准时来见你，没错。今天下午四点钟。在他去之前我会先找您谈谈。因为随后我有点事情要处理所以要赶到城里去。那么我们一会儿见吧，大夫。

艾德蒙 （呆滞地）听他们交谈的这些话好像不是什么好消息。（詹米看了他一眼，眼神中带着怜悯。随后眼睛又看向窗户外面。玛丽脸上没有一点血色，两只手没有任何目的地在空中挥动着。泰隆从前面的穿堂里走了进来。尽管他勉强地装作随意地跟艾德蒙说话，但是在那随意的语气里还是暴露了他内心深处的担忧。）

泰隆 是哈第医生。他打电话来提醒你不要忘了，四点钟的时候准时去他那里。

艾德蒙 （木讷地）除了这个他还说了什么？反正现在他说什么我都不会在意。

玛丽 （激动地大叫起来）如果是哈第医生的话就算他是赌咒发誓，我都不会去相信他的。艾德蒙，你大可不必理会他说些什么。

泰隆 （怒声）玛丽！

玛丽 （更激动）没必要说了，詹姆士，我们心里都知道你为什么总是喜欢他！不就是因为他的诊费便宜！不用反驳我所说的话了！哈第医生是什么底细我一清二楚。在他手里闹腾了这么多年，你也应该明白了。他根本就是一个耽误人的庸医！这样的医生应该得到法律的制裁。他一点也不懂什么医术。病人在病床上那么的疼痛,都已经疼得半死不活,他就只知道抓住你的手,说一些安慰的话,说些什么让你一定要挺住,让你要有勇气战胜病魔。(她此时想起了自己的经历,脸上的线条也紧绷着,露出极度痛苦的表情。在现在的这种情况下,她什么都不想去管,也什么都不在乎了,十分怨恨地大骂了起来)他这是故意让他的病人受折磨!他这样难道不是在侮辱你,他是在逼你去求他!他对你像对待罪犯一样!明明什么都不懂,却还要装出一副能治任何疾病的样子!多少人被这种庸医害死,而你却因为便宜去相信这种庸医给你开的一纸药方,谁知道他开的是一些什么药,等到知道时已经太迟了!(怒气冲冲)我恨极了所谓的医生!这些个医生只要能从你的口袋里赚取费用,无论多么卑鄙的事情他们都能做得出来。只要能赚取费用他们甚至能出卖自己的良心!反正他们所失去的只是自己的良心,但是病人所失去的却是自己的生命,等到你知道时候已后悔莫及了,因为你的生命已经被他们终结了!

艾德蒙 妈妈!看在上帝的份上,不要再说下去了。

泰隆 (颤抖着)对啊,玛丽,在这种情况下就不要了再说了。

玛丽 (突然也觉得自己的语气太重了。结结巴巴地)我,请原谅我,你说的没错,无论现在怎么生气也没用了。(所有人又陷入一阵死一般的寂静。过了一会当她再次开口说话时脸上已经恢复了最初的淡然、平静,不管是声音或者行为举止中都显现出一种让人匪夷所思的洒脱感)我要先去楼上,一会儿就会下来。

泰隆 (看到她刚要走到门口的时候。语气中带着几分央求几分责怪)玛丽!

玛丽 （回过头来平静地看着他）亲爱的，怎么了？

泰隆 （没有任何办法）没什么。

玛丽 （露出一种不常见到的笑容，嘲讽他）我随时欢迎你跟我一起上楼来监视我，既然我让你那么放不下心的话。

泰隆 我就算天天看着你又有什么用！你完全可以先装一段时间。我想让你明白的是我并不是把你当罪犯来看待，这里也不是监狱。

玛丽 我一直都明白这里不是监狱。我也知道你一直把这里当作一个家嘛。（她立刻愧疚又不经意似的补上一句）啊呀，原谅我，我怎么能这样说。我不应该抱怨的，这又不是你的错。（她转过身去，从会客厅里走掉了，留下这三个人一声不吭地站在那里，就像要确定她真的走上楼以后才敢开口说话一样。）

詹米 （态度强硬而冷酷）按着她再在肩膀上打一针！

艾德蒙 （厉声）你不要说这样的话！

泰隆 对！别乱说一气，还学着百老汇那帮流氓的语气！你对你的父母难道就没有一点点的体谅，一点都不知道为人子女所应该做的事？（暴躁了起来）像你这样的人就应该被扫地出门！但是我要是真的把你扫地出门了，又是谁会哭泣着为你说尽好话，护着你，为你诉说你的委屈，最后的结果还是让你回来。你自己心里不知道吗？你这个没心没肺的家伙。

詹米 （听到这样的指责，满脸的痛苦）我的上帝，难道我会不知道吗？你说我没有一点点的怜悯之心，难道我就不怜悯她？我也是她的儿子，怎么可能不怜悯她。我知道她的难处，这种东西有多么的难戒。你又知道什么！我说话是个什么样的语气，跟我有没有良心根本没有任何关系。我只不过把我们大家心里都明白却害怕说出来的事情简单直接地说了出来而已，既然已经发生了我们总要去解决不是吗？（恨极了）那些所谓的戒烟的办法全是在胡扯，最多也是好转一会儿。你们见过有谁能够成功戒掉的，我们都是笨蛋，还在期望着。（狠下心肠）根本没有一个人能成功的。

艾德蒙 （有意地学着他哥哥那种什么都不在意的硬汉语气）根本没有一个人能成功！你说的好像你完全可以拿自己的某些东西去担保！如果照你这么说整个人生就是一个最大的骗局！我们都上了当，吃了亏，根本没人能够赢它！（蔑视地看着他）感谢上苍，我并不抱有你这样的想法，不然的话。

詹米 （一时间遭受到了打击。马上又耸了一下肩，冷淡地）我一直认为你和我的想法是一样的呢。看你所写的一些诗也并没有很乐观。你喜欢读的，你所尊敬的那些作家不也是一类的人吗。（用手指向背后的书橱）就好像你最敬佩的那一位，名字叫什么的我给忘了，我可叫不出来。

艾德蒙 尼采。你又没读过他的书，有什么资格说这样的话，你明白什么。

詹米 别的我什么都不明白，但是我唯一明白的就是那些书全都是在胡说八道！

泰隆 你们两个家伙都给我把嘴闭上！你俩差不多都是一个样。一个呢，从百老汇的流氓那里学来一些乱七八糟的东西，另一个呢在书本里读出来的东西也是一样，全部都是些让人对生活失去信心的价值观。你们两个人都背弃了出生以来的教育和信仰，天主教唯一的人生真理。你们这种背弃只能给自己带来毁灭，别的什么都带来不了！（他的两个儿子看向他的眼神里带着蔑视，暂且放下彼此之间的争吵，两人合起伙来对付老父亲。）

艾德蒙 爸爸，那些话都只是在骗人而已！

詹米 最起码我们不会道貌岸然。（刻薄地）你难道敢说你时常去弥撒下跪吗？至少我没有看到过。

泰隆 我知道我并不是一个好的天主教徒，我是不经常去教堂，上帝宽恕我。可是在我的内心深处起码我是一个虔诚的信徒！（怒火中烧）你不要在这里胡说八道！就算我并没有天天去教堂，可是每天早晚我都会跪下来向上帝祷告！

艾德蒙 （极其怨恨）那你在祷告的时候有没有为妈妈祷告过？

泰隆 肯定有啊。这些年来我没有一天不在上帝的面前为她祷告。

艾德蒙 照这么说来，尼采的话一点儿没错："上帝死了，上帝是为怜悯世人而死的。"

泰隆 （没有去理会他）可是你母亲自己都不去祷告，她虽然没有放弃她的信仰，她只是一时大意，把它忘了而已，事到如今她在精神上已经没有去跟恶魔做斗争的力量了。（木讷地，极其无奈）唉，现在说这些又有什么用呢？我们从前不是也受过这样的磨难吗，让我们挺过去了，这一次我们同样也需要挺过去。没有办法。（怨恨地）要怪只能怪这次她不应该让我们抱有这么大的期望。我发誓从今往后绝不会再对她抱有期望了！

艾德蒙 爸爸，你这句话说得毫无道理！（固执地）无论你怎么说，我还是对她抱有希望！她只不过是刚开始而已，你不能这么肯定地说她不能回头。她绝对是能够戒掉的。让我再去跟她说说。

詹米 （耸了一下肩膀）她现在的样子你怎么去跟她讲道理？你跟她

说话的时候她总是像在听又像是不在听。她一会儿清醒一会儿又不清醒的。你看到过她那种模样的。

泰隆 你说的没错，一旦染上毒瘾都会一直是这样。以后的每一天她对我们都是这样神情恍惚，时而清醒时而糊涂的，一直持续到晚上她就……

艾德蒙 （万般难过）够了，别再说下去了，爸爸！（因受不了，从椅子上跳了起来）我去穿衣裳。（一边走一边凶狠地）我就要用力地制造一些声音出来，这样她就不会怀疑我上去只是为了看管她。（他从前客厅里走了出去，不多大一会儿就听到他上楼的脚步声，就好像要把地板震破一样。）

詹米 （沉默了一会儿）哈第医生说小弟的身体到底是怎么样？

泰隆 （呆滞地）你猜测的是正确的，他患上了痨病。

詹米 见鬼！

泰隆 大夫是非常肯定地告诉我的。

詹米 那么他必须要去住疗养院了。

泰隆 没错，而且不要耽误，尽快，哈第医生说，既为他自己，也是为别人好。只要他配合治疗，他认为在一年半载的时间内艾德蒙的病还是有痊愈的希望的。（长长地叹息了一声。出了这样的事让他一下老了很多，既埋怨上天也埋怨自己）我怎么都没想到我的孩子会患上这样的疾病。不管怎么样，绝对不会是从我这里遗传给他的。我家世世代代的人肺都好得不得了。

詹米 谁他妈去管这样的事！哈第医生有说准备把他送到什么地方去吗？

泰隆 我等会跟他见面就是商谈这件事情的。

詹米　不管怎样希望你能看在上帝的分上，不要只为了便宜就把他弄到一个破破烂烂的地方，挑一个好一点的地方！

泰隆　（备受打击）哈第医生觉得哪里最好我就送他去哪里！

詹米　那么别的都不说，只需要请你别在哈第医生身边说自己多穷，说什么自己还要还债之类的事情就好。

泰隆　我又不像百万富翁那么有钱，可以把钱当作纸看！为什么我就不能跟哈第医生说实话？

詹米　只要你一说这样的话，他肯定会认为你是让他帮你挑一个价钱合理的医院，因为他心里很清楚你是在骗他。特别是他在后来听说你又上了那个只会到处骗人的负责人麦贵的当，花了多少钱去买下一块没用的地产！

泰隆　（怒气攻心）我的事情不需要你来插手管！

詹米　这在我看来是艾德蒙的事。我只是害怕你凭借你的那种爱尔兰乡巴佬的想法，总觉得痨病是没法治的，没有必要花这些个冤枉钱，草草应付一下就可以了。

泰隆　你说的这是什么话，完全是在瞎说！

詹米　好，你可以说我是在瞎说，如果你能不让我的瞎说变成现实更好。

泰隆　（怒火尚未平息）我一直坚信艾德蒙的病是可以治愈的。还有就是不要让我从你的口里听到你再讽刺爱尔兰的话了！这样的话不配从你的嘴里说出来，自己去照照镜子，你自己也是一副爱尔兰的相貌！

詹米　洗完脸好好打扮一下就不像了。（在嘲笑了自己的国家一句以后，不等父亲反驳又淡然地耸了一下肩膀说）我想说的话也已经说完了，现在就是看你怎么做了。（忽然想到似的）我记得你说你下午要进城办点事，那我今天下午需要做什么？在冬青树上面我已经没什么可做的了，只能等你再去剪。我想你是不会让我去帮你剪的。

泰隆　那是肯定的。你总是把它剪歪，你什么事都不会做。

詹米　这样的话我就陪艾德蒙去城里吧。他刚刚才知道自己的病情，更何况妈妈又发生了这样的事，我很担心他会承受不了这么大的打击。

泰隆　（听到这里显然已经把刚才的争吵放在一边）对，詹米，你去陪陪他。顺便也开导开导他，如果你能做到的话。（又刻薄地补了一句）尽可能地让他不要再喝醉酒了！

詹米　如果身上一分钱都没有的话又怎么去醉酒呢？我想没人会让他白喝酒的，酒还是需要用钱来买的。（他朝着前客厅的大门走去）我先去换件衣服。（他刚走到门口的时候正好看到他母亲从客厅向这边走来。他停下脚步给她让出一条道路，好让她进来。看起来她的眼睛比之前好像更加明亮了一些，状态也变得更加超然。在这一场景里这点变化越来越显著。）

玛丽　（浑浑噩噩地）你看到我的眼镜在哪里了吗？詹米！（她问詹米话的时候眼睛都没有去看着他。他的眼睛也看向别的地方，对她的问题并没有去回答，她也没想过让人回答她的问题。直接走到丈夫的面前，眼睛也没有看着他）詹姆士，你有看到我的眼镜在哪里吗？（詹米趁机从她后面偷偷地走开了。）

泰隆　（转身看向纱门外面）我并没有看到，玛丽。

玛丽　詹米又怎么了？是不是你又在那里训斥他？你不要总是从早

到晚地看不起他。他现在这样也不全是他的错。要是他的生长环境可以的话，肯定不会是现在的模样。（她迈步走向右边的窗户前，舒缓地）看来你猜测的能力也不怎么样啊，亲爱的。你看，今天的大雾都看不清对面了。

泰隆　（牵强地做出自然的语气）也许是吧？我想是我说话说得太快了。我想今天晚上又会是一场大雾。

玛丽　无所谓，反正我今天晚上也不在意了。

泰隆　我也觉得你今天晚上不会在意了，玛丽。

玛丽　（用眼神斜视了他一眼。稍稍停顿了一下）詹米到哪里去了？在前面冬青树那里吗？我并没有看到他。

泰隆　他要陪艾德蒙上医生那里去。所以他先到楼上换衣服去了。（借此找了一个理由离开她）我现在也要快点去换衣服了，等会儿俱乐部的约会如果迟到了就不好了。（他刚走到客厅门口的时候，她的手情不自禁但却飞快地抓住了他的手臂。）

玛丽　（语气里带着一丝哀求的意味）亲爱的，你再留在这里陪我一会儿。别把我一个人丢在这里。（飞快地）我的意思是说，反正现在时间还早着呢。你不是经常吹牛说你换衣服的时间多么快，跟两个孩子比起来你只需要他们十分之一的时间就可以换完。（浑浑噩噩地）我本来想说一句话的，一下记不起来了。如果詹米陪艾德蒙一起进城很好，可是我希望你没有给他太多的钱。

泰隆　我没给他一分钱。

玛丽　他只要手上有钱就去买酒喝。你是了解他的，他每次酒喝醉了都会胡说八道，而且从他嘴里说出来的话是那么伤人。不过我也不在意他说什么，但是最后的结果都是你忍受不了他的自言自语而跟他吵架,特别是在你自己也喝醉了的时候。比如今天晚上你肯定会喝醉的。

泰隆 (对她的话感到厌烦)今天晚上不会发生你所说的事情,我很能喝,更何况也没喝醉过。

玛丽 (不经意地逗他)你的酒量别人不知道,我可是知道得一清二楚。你一向很能喝,不了解你的人根本就看不出来,但是你别忘了,我们已经在一起相处了35年了。

泰隆 我有耽误过任何一场戏还是什么。这还不能够证明?(随后又埋怨)再说了,就算我喝醉了也轮不到你来教训我。我喝醉酒也是有理由的。

玛丽 理由?你能有什么理由?你哪次去俱乐部的时候不是喝得醉醺醺地回家的,特别是跟麦贵两人碰在一块的时候。你总是喝得烂醉如泥。亲爱的,我不想跟你吵架。你愿意干什么就干什么好了,反正我已经不在意了。

泰隆 你肯定不会在意,(他在说完后就像想赶快逃走似的转向客厅)我必须要去换衣服了。

玛丽 (又忍不住伸出手抓住他的手臂。哀求他)先别走,亲爱的,再陪我一会儿。最起码等两个儿子下来或者其中有一个下来。不要像大家都抛弃了我似的,让我一个人在这里。

泰隆 (又想抱怨又觉得无奈)玛丽,抛弃我们的是你。

玛丽 是我抛弃了你们?我怎么抛弃你们了,詹姆士。我天天都待在家里,也没有出去,更何况也没有地方能够让我去,我更没有所谓的朋友。

泰隆 那也只能怪你自己不好——(突然停顿住,毫无办法地叹息了

75

一声。随后委婉地）玛丽，每天都有些事情你是可以去做的，而且不管是对你的身体或者心情都是很有好处的。要不你坐汽车出去逛一逛或者到外面去散散步。晒晒太阳，呼吸一下新鲜的空气。（憋屈地）我就是因为想让你出去到处逛逛才为你买了那辆汽车的。你是了解我的，我从来不喜欢那些没什么用的汽车。我倒喜欢走路，或者坐电车。（越说越觉得气愤）那辆车子原本打算让你从疗养院里回来的时候方便出去逛逛才买的。我多么期望你每天闲来无事的时候可以坐坐汽车去散散心。最开始买回来的时候你还每天坐坐，但是现在几乎没作用了。你也知道我现在手头上有多么的不宽裕，可是我还是花了那么多钱买那辆车，还花钱帮你雇了一个车夫，供他吃供他住，并且还给他那么高的工资，不管他是不是每天都开车。（怨恨地）浪费！如果一直这样浪费下去，就算是座金山也会被挥霍完的，等我老了的时候肯定要住到贫民院去！买了车子却不用，那就是相当于把钱丢到了水里。

玛丽　（心平气和地）你说的没错，詹姆士，你的那个钱的确是被丢到水里了。要怪就只怪你当初不应该选择买一辆旧汽车，而且还上了人家的当。就是因为你一直想着贪便宜买旧货，所以才会一直上当。

泰隆　我买的时候那可是当时汽车牌子中最有名的一个！所有的人都说那辆车比刚买的新车都要好！

玛丽　（不理会）再就是聘用史迈斯，他只不过是个在汽车行里打过下手的人，压根没有从事过司机这一行。虽然你给他开的工资并没有真正车夫的那么高，但是只要他开车，车子总是会出一些毛病，然后就要被他开到修车行里去修理，他从中赚取的费用也不少了，这样一算你浪费的钱有多少，你自己知道吗？

泰隆 怎么可能！哪怕他不是在多有钱的财主家做司机，最起码他这个人还是很老实的，你现在为什么会变得跟詹米一样，怀疑眼前的任何人！

玛丽 你不需要这么生气，亲爱的。我明白你不会故意让我丢脸，我很感谢你为我买了这辆车。会买二手车，只是因为你的性格没有办法改掉而已，对于你的所作所为我很感动。我也明白让你买一辆汽车是多么的艰难，用这来说明你对我的爱，对于你的性格来说已经是很难得的了，特别是你就算知道对我的身体并不能带来多大的好处后，你还是在为我这样做。

泰隆 玛丽！（他在听到她说这些话的时候忍不住把她用力地搂在怀里。声音也变得哽咽了）亲爱的玛丽啊！感谢主，感谢你能这么为我着想，更感谢你能为我们的儿子也为你自己着想，现在起戒掉吧，好吗？

玛丽 （突然间没有预料到他会这样,既害羞又慌张,磕磕巴巴地）我……詹姆士！请你别……（马上又换上她那种死也不承认的固执劲儿）戒掉什么？你在说些什么？我没有听懂。（他沮丧地松开搂着她的双手，手臂垂了下来。看到他这个样子，她忍不住用手环绕着他的肩膀）詹姆士！我们曾经深深地爱着对方！我们会一直相互想着对方！只要记住这个就好了，对于那些我们不能掌握也不能知晓的事情我们没必要去懂得。那些我们拼尽全力也没办法补救的事情，我们也无能为力。人的这一生不就是这样吗？很多事情使我们感到无奈和无计可施，只能眼睁睁地看着它发生。

77

泰隆　（直接忽视掉她的话。埋怨地）只是让你试一试你都不愿意吗？

玛丽　（她失望地垂下双手，转过脸去。洒脱地）你让我闲来无事的时候坐车出去兜兜风，放松一下心情？我听你的，你叫我去逛街我就去，但是一个人出去逛街比待在家里还要寂寞。没有人能跟我一起出去逛逛，盲目地看着史迈斯开着车，也不知道目的地是哪儿。如果有一个朋友可以陪我出去坐坐，聊聊家常也好啊。但是我一直都是一个人，从来没有什么朋友。（她的声音变得越来越冷漠）在修道院读书的时候我的朋友非常多。同学们家里的房子每个都是金碧辉煌的，又大又漂亮。那个时候我经常会到朋友家去玩，她们也会经常到我们家来玩。但是因为我嫁给了一个戏子。你也明白在那个年代戏子是多么的被人看不起。从那时候开始，很多朋友就慢慢疏远我。再后来，我们才刚结婚不久，就出现了一场闹剧，你以前的相好跑到法庭里去告你。自从那个时候开始，我所有的朋友除了怜悯我，就是要跟我断绝来往。如果是断绝来往我倒也不在意什么，我恨的是那些怜悯我的人。

泰隆　（既内疚又怨恨地）我的老天啊，你又把那些陈芝麻烂谷子的事翻出来说了。现在离下午还这么早，你都开始去想那些已经过去那么久的事情，到了晚上我真不知道会怎么样。

玛丽　（不服气地看了他一眼）说到这里我还真要去城里一趟，我需要去药店买些东西。

泰隆　（十分地怨恨，回嘴道）我就知道会是这个样子，只怕被你藏了不少，居然还有药方能够再去买！非常好，你就去买吧，最好一次性买一大堆存着，最起码能够避免发生那天晚上的事情——你大哭大叫，只穿了一件睡衣就跑向大门外跟一个神经病一样，要跳到海里面去寻死，你还记得吗？

玛丽 （完全不去理会）我只是去城里置办一些牙膏、香皂和洗头膏。（把持不住，万般可怜地大声叫喊）詹姆士！不要再提那天的事了！你这样是在侮辱我！

泰隆 （感到愧疚）哎呀，对不起，你知道我不是故意的。原谅我吧，玛丽！

玛丽 （洒脱地为自己辩护着）没关系。你只是在说你梦中的事情，并没有真正发生过。（他睁大双眼看着她，既感觉到荒唐又没有任何办法。她的声音听起来是那么的缥缈，好像越来越远）在艾德蒙还没出世的时候，我的身体是那么的硬实。詹姆士，你应该没有忘记吧。连感冒都很少有，更别说别的疾病了，我强壮得如一头牛。哪怕是陪着你一年又一年地满世界跑，每天晚上到各个地方演一场戏，坐的是只有硬座的火车，住的是又破又烂的旅馆，吃的是一些不干不净的食物，就连生孩子都是在旅馆里，可我的身体依然那么健壮。但是在生艾德蒙的时候我实在吃不消了。他出生以后，我的身体越来越差，还病得这么严重。旅馆里那个什么都不懂的庸医，就眼睁睁地看着我喊痛，却没有任何办法止痛。

泰隆 玛丽！看在上帝的分上，已经过去这么久的事情你就不能别再想了吗？

玛丽 （很诧异，反而心平气和地）为什么不要想？我怎么能不去想？过去的事难道就能当作没发生过吗？不正是因为有了过去才导致的现在？更影响到将来。就算现在能够欺骗自己，把发生过的事情当作没发生过。难道就能欺骗自己一辈子吗？日子不是还要继续往下过吗？躲也躲不掉。（继续抱怨）要怪也只能怪我自己。原本在由谨死了以后我发誓不再要孩子了。他之所以会死全都是我造成的。如果不是我把他丢给我母亲照看，自己跑来陪你旅行，只因为你的来信里很多次地对我说有多想念我，一个人的旅程是多么孤独，詹米也就不会没人看管，身上长着疹子依旧往小孩子的房间里跑。（她的脸在她说这话的时候变得挺硬的）我明明清楚詹米是故意想要害宝宝的。他很羡慕宝宝的同时也怨恨着他。（泰隆刚想为儿子辩解一下）唉，就算当时詹米只有7岁，可是我知道他并不是傻孩子。大人跟他说了那么多次他不能接近小宝宝，会传染给他的，会要了他的命的。他心里明明知道。就凭这件事情，我心里永远都没办法原谅他。

泰隆 （又埋怨又悲哀）你看你怎么又提起由谨了。你就不能不再提我们这个可怜的小宝宝，让他死后最起码可以安生吗？

玛丽 （就像听不到他说话似的）都怪我不好。我就不应该只因为你的几句话就放下由谨赶来陪你。最不应该的就是我不应该相信你的话，认为再生一个小孩就可以让他来代替由谨的位子，以为有了他就可以代替已经死掉的小孩。那个时候，我明白了孩子必须要有一个好的家庭环境，才可以成长为一个好孩子，女人也需要有一个完整的家庭才能成为一个好母亲。我当时在怀有艾德蒙的时候内心就一直在害怕。我明白不会是个好结果。就我这种把孩子一个人放在家里不管不问的母亲，是没有资格再生小孩的，就算生了下来上帝也会惩罚我的。早知道是这样当初我就不应该让艾德蒙来到这个世界上受罪。

泰隆　（用很担心的眼神看着前客厅门口那边）玛丽！以后不要再说这种话了。如果不小心被他听到了，他会觉得你不愿意要他。他现在因为自己的病情已经非常难受了，你就别再……

玛丽　（大声叫嚷）你胡说！我怎么可能不要他！我把他看得比我自己的命还要重要！你怎么可能懂！我说的意思只是为他着想。他从出生以来就没有开心过。他一直都不开心，所以身体也不会健康。他从刚出生就太过神经质、太敏感，我知道都是怪我不好。现在他病得这么严重，让我不由自主地想到由谨和我父亲，使我既承受着担惊害怕又承受着内心的谴责。（说到这里又认为自己说的话不对，立刻停止谈论这个话题，随即又改成打死也不承认的语气）哦，我这样没有任何缘由地随便瞎想，真的是很白痴。是的，每个人都会得个伤风感冒，用不了多长时间就会好的。（泰隆睁大两只眼睛看着她，百般无奈地叹息了一声。他转过身去面向前客厅，刚好看见艾德蒙正从穿堂楼梯上下来。）

泰隆　（低声地提醒一声）艾德蒙下来了。看在老天的份上别再说下去了。最起码等他走了咱们再说！为了他着想，这点要求你总应该能满足吧。（他一边等着，一边尽力恢复平静，尽量让脸上露出一副慈父的神情。她呢，张皇失措地等待着，又一阵惊恐和紧张，两只手在胸前胡乱动着，一会儿向上抓抓自己的脖子，一会儿又整理着自己的头发，一副六神无主的模样。等到艾德蒙走到门前，她还是没办法去面对他，因此快速地走到左边的窗户前面，把眼睛看向窗户外面，让自己背对着客厅。艾德蒙在这个时候走了进来。他换上了一套蓝色的西装，但是一眼就能看出是便宜货，衣服上面是硬领、打着领结，脚下穿着一双黑皮鞋。）

泰隆　（像演戏一般热情）好家伙，这样一打扮，看上去真让人觉得神清气爽。我也正准备上楼去换衣服。（他刚准备向前走去。）

艾德蒙　（冷淡地）等一下，爸爸。并不是我想要说一些难听的话，但是我钱包里已经连一分钱都没有了，我要怎么坐车去和坐车回来呢？

泰隆　（不由自主地开口教训儿子）平常拿钱不当钱，肯定钱包里都没有——（突然停止，感到有些内疚，看着儿子满脸的病态，又焦急又难过地）但是，我的儿子，你最近进步了很多。你在没生病之前工作十分地用心，所做的成绩也很好，我这个当父亲的都为你感到高兴。（他从裤袋里掏了一小叠的钞票出来，谨小慎微地从里面抽出一张。艾德蒙伸手接了过来，眼神看了一下手中的钞票，突然脸上露出惊讶的表情。还没等到他开口说话，父亲照旧给他一顿讥讽）感谢您啊。（他开始背诵莎士比亚剧本《李尔王》中的台词）"尽管毒蛇猛兽，张牙又舞爪。"

艾德蒙　"不如子女忘恩又负义。"我也可以背得出来。爸爸，你能不能给我一个机会，现在我已经没有任何话好说了。是你拿错了吗？你给我的可不是一元钱的钞票，这可是十元的呀！

泰隆　（对自己出手这么大方感到有点窘迫起来）拿着吧。你进城的时候怎么也会碰到一些个朋友，大家在一起聚一聚，口袋里要是没钱怎么会玩得起劲呢。

艾德蒙　原来是这样啊？既然是这样的话，谢谢您，爸爸。（他是真的开始感恩。但是没多大一会儿他又看着他父亲的脸色，内心猜测起来）但是为什么这么突然的——（不由自主地朝坏处想）难道是因为哈第医生打电话跟你说我已经没办法痊愈了？（说完这句话就看到父亲满脸的委屈和难过的表情)我真是该打!在这里胡说八道,我只是在开玩笑,爸爸。(他把一只手搭在了父亲的肩膀上,看上去十分亲近的模样)我实在是太谢谢您了,爸爸。

泰隆 (听到儿子的话大为感动,拍了一下他的肩膀)我们是父子,你不需要跟我说谢谢,儿子。

玛丽 (突然转过身来看向这对父子,既害怕又生气,大发雷霆)以后我不想再听到这样的话!(非常用力地把脚在地上一跺)艾德蒙,你听到吗?以后这种不吉利的话我不想再听到第二次!什么叫没办法治愈了!难道你所看的书本没有别的,全是教你怎么对生活失去希望,让你放弃生命的话吗?你父亲就不应该允许你买这一类的书。你自己所写的诗更是糟糕透顶!就好像你对活下去失去了信心一样!你还这么年轻,你前程似锦!只不过是误看了那些书让你一时没有想明白罢了!你的身体这么好,怎么会生病呢!

泰隆 玛丽!闭嘴!

玛丽 (马上换上一种超然的嘲讽)詹姆士呀,你说这是不是怪事,艾德蒙怎么总是这样一副不开心的样子,还毫无理由地找麻烦。(身体转向艾德蒙可是眼睛却没有看着他。很亲近的样子逗他)行了吧,我的宝贝儿子。我可是你的母亲,能被你骗住?(走到他的跟前)你这样只是希望所有人都疼爱你,宠着你,把你当个宝一样捧在手里,对不对?你仍然像个没长大的孩子一样。(她抱住他亲了一下。他的身体还是那样直挺挺地站着,一点没有顾及他的母亲能不能触碰到他这个问题。她声音有些颤抖了)但是,我的儿子,我拜托你能不能别这么过分,可以吗?别再说那些让人伤心的话语。我明白我不应该去当真,可是我实在没有办法装作没听到,我已经被你弄得灵魂都快不是我自己的了。(她实在是把持不住,让自己的脸埋藏在他肩膀上,哭了。艾德蒙即使尽量忍着,可还是被感动了。他拍着母亲的肩膀安抚她,动作虽然温柔,却很僵硬。)

艾德蒙 不要这样,妈妈。(他和父亲四目对视了一下。)

泰隆 (嗓子嘶哑地,于绝望之中抓住一线希望)你可以现在当面问问你的母亲,之前你说你要。(他从口袋里掏出表来一看)哦,我的老天,不知不觉都这么迟了,这时间过得可真快!我必须要走了。(他急匆匆地从前客厅里走了出去。玛丽将头抬了起来。她又是一副慈祥母亲关心儿子的神态,可是有一丝洒脱,好像忘记自己刚刚哭过一样。)

玛丽 我的儿子,你现在感觉怎么样?(她把手放在他的额头上摸了摸)你的头稍微有点发烫,我想那应该是被外面的太阳晒久了的缘故。你现在的气色跟今天早上比起来要红润得多了。(拉过他的手)来这边坐下,别总是站着。你现在需要多休息,别让自己费力。(她拉着他坐了下来,自己也斜坐在他的椅把上面,一只手搁在他的眉头上,让他没办法看到她的眼睛。)

艾德蒙 (很想把已经到嗓子眼里的话说出来,可是就算现在说出来也感到没有什么希望了)妈妈,你听我跟你说。

玛丽 (随即转移话题)行了,行了!别说这么多话。靠在椅子上面休息。(苦口婆心)你看,你今天下午就待在家里面让我来照顾你。外面天气这么热你还要去坐那个又破又脏的鬼电车,那该多累啊。你就和我两个人在家里好好待着比较好。

艾德蒙 (呆板地)我跟哈第医生约好了要去他那的,难道你忘记了吗？（再一次哀求着他的母亲）妈妈，你先听我把话说完。

玛丽　（抢着说）你就跟他打电话说你人不太舒服去不了了。（气愤起来）浪费自己的时间和金钱去看那种什么都不懂的医生有什么用。他除了会跟你乱说一气和装作你得了什么非常严重的病以外什么都不会，他必须靠这个吃饭啊。（她很不留情面地嘲笑了一声）那个老糊涂！他什么医道都没有，只知道板着个脸告诉病人要意志坚强！

艾德蒙　（强硬地扳过她的身体让她面对着他）妈妈！我想要问你一句话。你只是刚刚开始接触，对不对？你现在开始停止还来得及。我们都知道你的意志力有多么坚强！全家人也都会帮你，陪着你。而且你让我做什么我都答应！可以吗，妈妈？

玛丽　（吞吞吐吐地央求）请你别……别说一些我根本听不明白的事情！

艾德蒙　（木讷地）就这样吧，我明白说了也没用。

玛丽　（又直接地全部否认了）不论怎么说，你说的是什么，我根本就听不懂。我只清楚任何人都可以说，除了你。自从我离开疗养院回来以后，你的身体就开始不舒服了。疗养院的医生警告我说，我必须平静地待在家里，不能因任何事而悲伤，我所做的一切全是因为担心。（又漫不经心地）我并没有怪你的意思！我只是想解释一下。并不存在我是在怪谁！（她将他一把搂入怀中。哀求地）我的儿子，你要相信我，我并没有认为是你造成的。

艾德蒙　（极其怨恨）你所说的话还能让我有别的想法吗？

玛丽　（缓缓地将双手伸了回来。脸上的神情又变得远离而现实）没错，我知道你肯定会怀疑的。

艾德蒙　（像是一下被人看到内心深处似的，感到惭愧却依旧怨恨）不然呢？你说我应该怎么样？

玛丽 不怎么样，我从来就没有认为过错是你造成的。不过一个连自己都不信任的人怎么能要求别人来信任自己呢？这些年来，我已经变得习惯了撒谎。以前的我从来不撒谎。可是现在的我不仅仅欺骗别人，甚至连我自己都骗。连我自己都不知道自己是怎么想的，更何况是你，你又怎么会明白我是怎么想的呢。反正我每天都是过着浑浑噩噩的日子，还记得在很久之前的某一天我发现我无法掌控自己的灵魂。（她停顿了一下。随后把声音压得低低的，就像是把内心的小秘密偷偷地向别人诉说似的）我相信在未来的某一天，我一定可以找到的，我的儿子。总有这么一天的，等到你身体完全康复，让我看到你既健康又开心、富裕，到那个时候我自己也不再受良心的谴责。总会有那么一天，圣母玛利亚宽恕我，让我回到以前在修道院时那个虔诚又善良的我，我喜欢能够重新向她祈祷。我相信如果有一天她看见世界上任何一个人都不会相信我说的话的时候，她就会相信我，在她的帮助下我想恢复成原来那个我就容易得多了。我可以听到自己因为苦痛而大喊大叫，也可以听到自己因为有了很大的信心能回到原来而开心地大笑。（在她说到这里的时候发现艾德蒙依然一句话都没有说，因此非常苦涩地补了一句）当然，我说了这么多你也不会选择相信我所说的话。（她从椅子上站了起来，慢慢走到右边窗户前面朝外面看去，只把背留给他。像什么事都没有发生过似的）我突然想起我还要去做一件事，你还是进城去找哈第医生吧。我都忘了我答应你父亲要坐汽车去兜风。我还要去药店走一遭。我想你是不会跟我去那种地方的，因为去那种地方你会觉得丢脸。

艾德蒙 （快哭出来的样子）妈妈！不要说这样的话！

玛丽 你父亲给你十元钱，我想你应该会跟詹米一人一半吧。你们两个不是任何事情都是有福同享的吗？哥俩有商有量的。你都不用跟我说他拿到钱以后会去干什么。不用脑袋去想都知道他一有钱就到那些坏女人那里去买醉，他就只会干这个，也只喜欢那样的女人。（她转身面对着他，惊恐地向他哀求）艾德蒙！你千万不要喝酒！那个东西对你的身体伤害太大！哈第医生也跟你说过……

艾德蒙 （非常埋怨）我以为你会像之前那样说他是个老糊涂。

玛丽 （非常的可怜）艾德蒙！

（就在此时从前面客厅里传出詹米的叫声："小弟，走吧，我们一起去。"一听到这句话玛丽的态度立刻又变得洒脱起来。）

玛丽 去吧，艾德蒙，詹米在叫。（她走到客厅的门口）看，你的父亲也下来了。（泰隆的叫声也在此时响起，"走吧，艾德蒙。"）

玛丽 （既亲近又不经意地亲了一下小儿子的脸庞）去吧，宝贝。晚上记得早点回来吃晚饭，别玩得太晚。跟你父亲也说一下不要回来的太晚。你也了解毕妈的脾气。（艾德蒙转身急急忙忙地走掉。不一会儿听见泰隆的声音又从穿堂里传了过来："等会儿见，玛丽。"詹米的声音也紧跟着响起："等会儿见，妈妈。"她也高声回答。）再见（只听到三个人一起出门的脚步声和前面纱门关闭的声音。在所有人都离开后她走到屋子中间圆桌子旁边，一只手在桌面上十分不安地乱敲着，另一只手像蝴蝶一样飘到头上去拨弄一下自己的头发。她看着屋子的四周，双眼圆睁，眼里布满了惊恐和被人抛弃的孤独，一边自言自语）突然变得好冷清啊。（随后脸上线条又挺硬了起来，对自己现在的模样感觉到既恨又蔑视）没有必要来欺骗自己啊。你本来就希望让他们都离开，免得他们在家监视你，还看不起你，厌烦你。他们全部都走了你应该开心才对啊。（她带着失望和苦涩的笑容）那么我的圣母啊，我为什么会感到如此的孤独呢？

〔幕落〕

第三幕

景：地点同第一幕。时间已经是下午 6：30 左右。傍晚的落日已经洒满了整个客厅。今天的黑夜降临得比以往要早，因为海面上的雾已经从对面的海湾里往岸上蔓延，整个海面像是笼罩着一层白色的帷幕。海港外面的灯塔上时不时地传来一阵雾笛声，叫声就好像一条生了病的鲸鱼在哭泣，停靠在港口的游艇也时不时地发出哀鸣。

〔**幕启**，餐厅的桌子上摆放着一只托盘，托盘上面放着一瓶已经打开的威士忌、几只酒杯和一罐冰水，就如同午饭前的场景。

〔玛丽和小女仆凯瑟琳上场。凯瑟琳站在桌子的左边，手里拿着一只空酒杯。她的脸非常红，不难想象出，酒杯里的酒已经被她喝掉了，那张虽然善良却无比愚蠢的脸颊上带着一种因主人褒奖而十分开心的憨笑。

〔玛丽的脸色跟之前相比要更显得苍白一点，但是一双眼睛却炯炯有神，尽管带有一丝的不自然。她那种怪异的洒脱在行为举止上比之前更加明显。她把自己原本的思想感情埋在了内心更深处，一边欺骗着自己，一边又在自己所编织出来的梦中不愿意出来。在自己编织的梦境里，他眼睛所看到的一切人或事都是虚幻的，想面对就面对，不想面对都可以选择不去理会。有时又可以在她的行为里感受到一种年轻人心花怒放、自由自在的模样，就好像现在的一些磨难并不是发生在她身上一样，她好像十分自然地回到以前那种单纯、开心、跟人有说有笑的在修道院读书的女学生时代。她在准备坐汽车出去逛街之前先换了一套衣服。这套衣服的样式看上去很简单，但是价钱却不便宜，如果不是因为她穿得太过随便——看上去穿得有点儿马虎，那这套衣服倒是非常适合她的。她的头发并不像之前那样打理得端端正正、一丝不乱，而是有一边的发丝稍微有些松散了下来。她跟凯瑟琳聊天的时候不像主仆更像是知心朋友。场景开始的时候她正站在纱门前向外看，只听到雾笛哭泣的声音。

玛丽 （感到好笑。女孩子的语气）你有没有觉得那个雾笛声让人心情都变得烦躁了，凯瑟琳？

凯瑟琳 （说话跟平时相比更随意一些，却不是有意地失礼，她是真心实意地喜欢女主人）对啊，太太，我觉得跟鬼叫一样，让人听了心里不舒服。

玛丽 （就好像没有听到她的回答似的，还是一个人自说自话地。在下面的对话中可以看出来，她只是拿凯瑟琳当一个借口，想利用说话来证明自己并不孤寂）它今天晚上随便怎么叫，我都没什么关系了。昨天晚上可真是快把我整疯了。我躺在床上翻来覆去地睡不着，弄到最后都没能好好睡一觉。

凯瑟琳　昨天我从城里回来的路上,被吓得可真够呛啊,我还在想史迈斯那个丑八怪会不会把车一不小心开到阴沟里去,或者是撞到大树上去。晚上回来时的雾太大,让人什么都看不见。幸亏昨天你让我跟你一同坐在后面。如果是我坐在副驾驶座位上,那个丑八怪的手肯定会不老实。只要一有机会他准会伸手过来摸我的腿,要不就是想摸别的地方。请别怪我说这些如此丢人的话,但是太太,这是真的啊!

玛丽　(依然像是停留在自己编织的梦境中一样)我只是很厌烦那个雾笛的叫声,凯瑟琳。对于雾,我还是很喜欢的。

凯瑟琳　听别人说雾对皮肤有好处。

玛丽　我只是觉得在雾中可以跟这个世界隔绝开。在雾里任何东西都可以被更改,所有的人或事都是虚幻的。谁都找不到你,也碰不到你,你能够一个人活在自己的世界里。

凯瑟琳　如果史迈斯做人老实一点,英俊潇洒点,我有可能还不会介意。我是想说,我只不过是在开个玩笑。太太你应该了解我的,我是个老实人。而且我也警告过史迈斯这个枯瘦如柴的丑八怪!我跟他说别认为我找不到男人,就会看上你或者怎么样。我还让他以后注意一点,再不老实的话总有一天我会一巴掌让他飞出去。不要认为我是在吓唬他!

玛丽　我非常厌烦那雾笛的叫声,呜呜地。就好像总是在提醒你、警告你,让你回头,把你唤回到现实世界。(她脸上呈现着一种十分怪异的笑容)但是它今天晚上拿我没辙了。除了会感觉到声音怪难听以外,其他的对我并不能造成什么影响。(像女孩子打趣人一样格格地一笑)但是说不定能让人想到泰隆打呼噜的声音。

我从很久以前就开始喜欢拿他这个毛病来打趣他。他一直这样,只要睡觉准打呼噜,特别是喝醉酒了以后,但是每次事后跟他说的时候,他就跟个孩子似的,怎么问他都不会承认。(她忍不住大笑了起来,边笑边走到圆桌子前面)也许我睡着了也会打呼噜,要是问我我也不会承认。因此我也没有权利用这个缺点去开他的玩笑,对不对?(她在桌子右边的摇椅上坐了下来。)

凯瑟琳 那是当然的,身体强壮的人都会打呼噜的。听人说打呼噜不仅代表这个人身体强壮,也表明其没有神经上的病。(突然大声地叫了起来)哎呀,太太,现在已经几点钟啦?我要快点回到厨房里去帮忙了。今天的湿气有点重,毕妈有风湿病骨头疼,现在肯定又在大发雷霆了。要是我再不去的话,她看见我肯定会一口就把我的脑袋咬下来的。(她直接把酒杯放到桌子上,转身向后客厅走去。)

玛丽 (忽然惊恐起来)别。你先别走,凯瑟琳,别让我一个人留在这儿。

凯瑟琳 不会让你一个人在这里待很久的,老爷跟两位少爷就快回来了。

玛丽 我想他们今天不会回来吃晚饭了。他们肯定会趁着这个大好时机在酒吧里喝酒,那可比待在家里好多了。(凯瑟琳两眼盯着她,但她那张愚蠢无比的面孔上写着一脸的不明白。玛丽微笑地接着说)不用担心毕妈会骂你。一会儿我会跟她说是我让你在这里陪我的,等会你过去的时候给她带上一大杯威士忌。只要有了酒,其余的她什么都不在乎了。

凯瑟琳 (笑呵呵地。也放心了)太太你说的真是太对了。她一看到有酒喝就开心了。(举着酒瓶)她可喜欢这个东西了。

玛丽　你要是想喝就再喝一杯吧，凯瑟琳。

凯瑟琳　谢谢您，太太。我想我不能再喝了吧。刚才喝得现在人都开始有点迷糊了。（伸手去拿过酒瓶）算了罢，都已经喝了这么多了，再喝一杯也没关系。（又为自己倒了一杯）希望您健康，太太。（她直接一口喝掉，都不用水送。）

玛丽　（还是沉浸在梦中）凯瑟琳，我以前有一段时间身体其实很棒。但是那已经是很久以前的事了。

凯瑟琳　（突然又想到什么似的着急起来）老爷回来后肯定会看出酒少了。他每次看酒瓶的眼力就跟老鹰一样尖锐。

玛丽　（想笑）噢，没关系，咱就学詹米一样耍耍他好了。在酒瓶里加一点水进去就可以了。

凯瑟琳　（如法炮制。傻乎乎地笑了两声）哎呀，倒多了，几乎倒了一半进去了。他一喝就知道的。

玛丽　（完全不放在心上）他喝不出来的。他回来的时候肯定都喝醉得东南西北都分不清楚了。他今天自认为有很多理由可以在外面买醉。

凯瑟琳　（想想也对）但是我觉得，男子汉大丈夫喝酒也挺正常的。滴酒不沾的男人我才看不起呢。一点儿男人味也没有。（想了又想，又发现自己想不明白）您说的什么意思，有理由？是因为二少爷的事吗，太太？我觉得老爷为了二少爷的事挺担心的。

玛丽　（立刻想要反驳似的将身体挺立了起来。但却很奇怪，她的举动有些僵硬，就像不是自己想做出来的反应似的）你可别胡说，凯瑟琳。老爷有什么事要为艾德蒙担心吗？只不过是一点小小的感冒有什么好奇怪。还有就是泰隆这一生别的什么都不会担心，他只会担心没钱、没企业，担心老的时候没饭吃。其他的事没有什么能够叫他真正担心的。因为，说老实话，其余的任何事他都不懂。（她呵呵一笑，很洒脱又感觉很有趣）凯瑟琳，你应该明白，我的丈夫是一个很奇怪的人。

凯瑟琳　（有些不服气）太太，不管怎样说他也是一个英俊潇洒的男人，既漂亮心肠又好。他有什么缺点，您别放在心上就行了。

玛丽　我并不在意他有什么缺点。我已经爱了他36年了。这还不能证明我有多爱他？他这人心地善良，剩余的一切他自己也不想的，不是吗？

凯瑟琳　（虽然还是很迷糊，却也放心了）太太这话说得对。您应该真心实意地爱他。您看他对您多么好，多么爱您、尊敬您。是个傻子都能看得出来。（刚才那杯酒让她越来越感觉有点头晕了，牵强地很正经地继续着谈话）说到演戏这事，太太，我怎么从来就没见您上过台啊？

玛丽　（不开心）我？为什么突然想起问这种没关联的问题？我们是正正经经的人家，我从小的教养很好，读的也是中西部最棒的修道学院。我在没认识泰隆的时候根本就不知道还有戏园的存在。我是一个非常真诚地相信天主的女孩子。有一段时间我还想长大了以后去做修女呢。压根就没有想过去做戏子。

凯瑟琳　（一点不留情面地）哼，太太，你怎么看都不像是一个修女呢！你看，你一直都没有去过礼拜堂，上帝怎么宽恕你。

玛丽　（没理会她）戏园里的生活我不可能过得习惯。泰隆老是让我陪着他满世界乱跑，但是我跟他那帮戏班子里面的人几乎都没有什么来往，也不跟别的演戏的人来往。并不是我觉得他们哪里不好。其实他们对我挺好的，我对他们也是很尊敬的。只是我跟他们在一起总觉得不习惯。我和他们的生活习惯完全不一样。也许就是这个原因我跟……（她猛地一下站起身来）算了吧，过去的事就没必要提了，提了又有什么用。（她走向通往阳台的门前向外看着）雾这么浓，连路都没办法看清。就算世界上所有的人都从我们门前走过，我都不会知道，我多期望可以永远这个样子。天都开始黑了。再过不久就是晚上了，感谢老天。（转过身来，恍恍惚惚地）凯瑟琳，你的心肠真好，陪了我一个下午。要不然我一个人坐车进城肯定无聊死了。

凯瑟琳 这有什么，我也喜欢坐大汽车出去逛逛街，总好过待在家里听毕妈吹嘘好。今天就当您放了我半天假好了，太太。（她停顿了一下。然后笨笨地）但是有一件事我很讨厌。

玛丽 （神情恍惚地）是什么事，凯瑟琳？

凯瑟琳 就是您让我帮您把药方拿到药店配的那会儿，那个药房伙计讨人厌的嘴脸。（想想觉得还气）不分上下的！

玛丽 （执意不承认有这样一码事）你在说些什么？我什么时候给你药方让你帮我去药房配药了？（然后看到凯瑟琳吃惊的表情，又飞快加一句）哦，你看我这记性。我手上治风湿病的那个药方吧？那个伙计说了些什么让你这么生气？（又无所谓的模样）让他说去吧，重要的是他把药配了。

凯瑟琳 可是我感觉到很气愤！从来没有人能够拿我当贼一样看待。那时他拿着药方子，把我从头到脚打量了一番，之后又十分没有礼貌地说，"你从哪里弄到这个药方的？"我说，"跟你有关系吗，你只要知道，这是为我的东家泰隆的夫人配的，她就坐在外面的汽车上。"我这句话一说他立马不说话了,也没敢再多问。只是向外看了您一眼,随后"哦"了一声就配药去了。

玛丽 (浑浑噩噩地)是的,他认识我。(她走到圆桌旁边那张椅子上坐了下来,表情十分的安乐、洒脱地补一句)我必须要吃那个药,因为没有别的办法可以让我停止所有的疼痛。我的意思是说,我手上的疼痛。(她把两只手高高地举了起来,楚楚可怜地凝视着。她的手此时已经没有颤抖了)可悲的手啊!你怎么也想不到,以前有一段时间我的手是十分美丽的,就如同我的头发和眼睛一样美丽,并且当时我的身材也很苗条。(她说话的声音给人的感觉好像离得很远,也很模糊)我的手从出生开始就是音乐家的手。以前我很爱弹钢琴。我在修道院里很努力地学习钢琴。如果做的事情是你自己所喜爱的话,那就一点也不感觉辛苦。我的音乐老师跟伊丽莎白修母都说我是他们教了这么多年的学生当中最有天赋的一个。我父亲为了让我多学一些,额外出了一笔钱。他实在是太宠我了,我要什么他就给什么。他原本打算等我从修道院学校毕业以后就送我去欧洲学音乐。我最初也是打算去的,如果不是因为我爱上了泰隆的话。或者我就会去当修女。在那个时候我有两个愿望。最大的一个愿望就是去当修女。然后才是当一个钢琴家,登台表演。(她凝视着自己粗糙的双手,眼睛一动不动。凯瑟琳眨了眨眼睛,抵御酒精产生的睡意)婚后这么多年来我连钢琴都没有碰过。现在,手指头都已经弯成这样,就算想弹也弹不了了。最初刚结婚的时候我还在想就算结了婚我也不想把我的音乐丢掉,但是却办不到。每晚都要到不同的地方去演戏,住的是又脏又破的旅馆,整天坐只有硬座的火车,而且还把小孩一个人丢在家里，完全不像一个家。（依然目不斜视地看着自己的手，既厌恶又舍不得）你看，凯瑟琳，好丑！弯弯曲曲的，完全废掉了！一眼看去就像是受到过很严重的伤一样！（她很怪异地笑了一声）这样说起来也还真算是受过伤。（突然好像不愿意看到似的把两只手藏到了背后去）我不想再看了。只要看到就会想起以前。那样会让我的心情变得比听雾笛声更坏。（然后又十分无所谓的神情）哪怕现在看了我也不会难过什么了。（又把手从背后拿了出来，有意地看着。宁静地）这两只手看上去好像是在离我很远的地方。就算可以看到，却已经感觉不到疼痛了。

凯瑟琳 （表情木然，不知是怎么一回事）您是吃过药了吗？太太？这药让你的行为变得很奇怪。如果是不知道的人，还以为你是喝多了呢。

玛丽 （如同身处梦中）药能暂时止住我的疼痛。吃了就可以带你走到不再疼痛的地方。让你回到以前无忧无虑的日子，这才是真的，其余的全部是假的。（她停顿了一会儿。然后就像自己所说的话能够带她找回失去的开心，她的言行举止和脸部的表情全部有所变化，让她看上去显得年轻了很多。她显现出一种修道院女孩全部的天真神情，带着羞涩的笑容）凯瑟琳，你觉得现在泰隆长得英俊潇洒，但是你没看到我刚开始认识他时他是多么英俊呢。他在那个时候被评为美男子呢。我们学院里的所有女同学看见过他演戏的或者是看到他照片的，都把他当作偶像呢。你知道他是一个舞台上的大明星。每次散场了以后总会有一大堆女人在后台门口，眼巴巴地期待着他出来。后来有一天我的父亲给我写信的时候告诉我说他在一个偶然的情况下结识了詹姆士·泰隆,等到我复活节假期回家的时候我就能认识这位鼎鼎大名的明星了,你知道我当时有多么高兴吗?我把这封信给全班的同学看,她们都羡慕得不得了,随后我父亲先是带着我去看了他演的一场戏。那是一场有关法国人闹革命的戏,戏里的主角是一个很有钱的人。我完全看得入了迷,眼睛一转不转地盯着台上的他。里面有一幕剧情是他被关到监牢里去,我看得忍不住眼泪直掉。随后又埋怨自己不应该掉眼泪,因为害怕别人看见眼睛、鼻子都哭得红红的。我父亲在戏开始前就告诉我等看完戏后,我们就直接到后台去。看完戏后我们真的就去了。(她亢奋而羞涩地笑了一下)当时的我害羞极了,满脸红通通的,说话磕磕巴巴的像个小笨瓜。但是他好像一点都不认为我是一个笨蛋。我能看得出来他见到我时就喜欢我。(语气里带着一点发嗲的味道)也许我的眼睛、鼻子并不是特别红吧。凯瑟琳,那个时候的我也是挺漂亮的啊。他呢,比我幻想中的偶像都要帅气,脸上化着精致的妆,一套贵族的戏装穿在身上,帅气得让我着迷。他跟普通人的模样不一样,他好像是从画中走出来的人物。但是他却非常和蔼可亲,虚怀若谷,没有任何的明星架子。我对他可算得上是一见倾心。在一起很久之后他才跟我说,他那时跟我是一样的想法。我听到这句话脑袋里哪还有什么做修女或者是钢琴家的想法啊,一心一意地只想嫁给他成为他的妻子。(说到这里的时候,她停了下来,两只眼睛看着前方,眼珠非常亮,陶醉在自己的回忆中,嘴角挂着一丝温馨的、处女的笑容)这已经是36年前的事情了,可是我却仍旧能得那么清晰,就好像才刚刚发生一样!从那以后,我们就彼此相爱。36年来他从来没做出什么丢人的事。我的意思是说，跟别的女人之间。自从见了我以后就一直没有过。凯瑟琳，这应该一生中最让我感到开心的事情。就这一点，我就能够原谅他很多别的事情。

凯瑟琳 （不停地打着瞌睡。借着酒劲）他的确是一个正人君子，你的福气也真好。（接着忐忑不安地）太太，我先去给毕妈送一杯酒吧。马上就到开饭的时间了，我也应该去厨房里给她帮忙了。如果再不送杯酒去降降她的火气的话，她肯定会拿刀砍我的。

玛丽 （从自己的美梦中被叫了回来，微怒）好，好，你去吧。我也不用你陪了。

凯瑟琳 （松了口气）谢谢了，太太。（她用杯子倒了很大杯酒后，就拿着往后客厅里走去了）不会让你一个人待多久的。老爷跟少爷们马上就要……

玛丽 （很不耐烦地）行了，行了，都说了他们今天晚上不会回来吃饭的。跟毕妈说别等他们了。六点半的时候就直接开饭。我不是很饿，但是我要在饭桌旁边坐下来解决一件事。

凯瑟琳 你怎么也应该吃一点东西啊，太太。那是什么怪药，吃了后你连饭都不想吃了。

玛丽 （早已又浑浑噩噩地回到梦中。呆板的状态）什么药？你在说什么，我怎么都听不懂。（把她打发走）快去把酒拿给毕妈吧。

凯瑟琳 知道了，太太。

（她从会客厅里走了出去。玛丽在听见厨房里的门关上了以后，就安逸地向后躺，又变成那种陶醉的模样，却又什么都看不到的样子。她的两只胳膊软绵绵地躺在椅子的把手上面，一双手的手指纤细弯曲，骨节的形状非常难看，十分安静地向下垂着。屋子里此时已经暗了下来。死一般地沉寂。没多长时间就从外面传来雾笛的忧郁的低鸣，紧接着港口停泊的船只上也传来一阵警报声，穿过浓雾，低低地悲鸣着。玛丽脸上的表情依旧平静地表明她好像没有听到。可是她的手抽搐了几下，手指头不经意地在空中挥舞了一会儿。她皱着眉头，摇了摇自己的脑袋，就像脑袋里有一只苍蝇正爬过来。突然间她失去了少女全部的特征，变成一个衰老、愤世嫉俗、一肚子怨气的妇人。）

玛丽 （自我责备）你这个痴情的笨蛋！独自一人在这里乱想一个女学生和一个舞台明星初次见面的事情干什么？你忘记了你在没有遇到他以前是多开心了吗？自己一个人关在修道院里每天向圣母祈祷着。（梦寐以求地）唉，我多希望把我抛弃掉的信心全都找回来，好让我能够继续向圣母祷告！（她停顿了一下。之后开始用一种呆滞的语气念《圣母经》）"万福，玛利亚，满被圣宠者！主与你同在。女中尔当赞美。"（冷嘲热讽）你觉得圣母听到一个撒谎、吸食毒品的人背几句祷告文就会原谅你了吗？你骗不过她的！（她猛地一下跳起来，两手放在头上，漫不经心地整理一下头发）我必须上楼去了。药已经放得太久没有吃了。现在用起来不知道到底要多少。（她朝着前客厅走去。走到门口的时候停了下来，因为她听到大门外走廊上有人说话。她吓了一跳，开始有些自责和惭愧）他们来了。（她飞快地坐了回去，脸上露出一副倔强不服的神情，抱怨地）为何又回来了呢？我并不希望他们回来。我自己一个人待在家里也挺好的。（突然间，她的态度来了个90度大转弯。可怜兮兮的，放下心了，又迫不及待地）啊呀，终于回来了，我可真高兴！我孤单死了，孤单得要命！（只听到大门关

上的声音,紧接着泰隆的声音就从穿堂里传过来。语气里透着担心)

泰隆　玛丽,你在家吗?

(穿堂里的灯被打开,灯光通过前客厅的玻璃照在玛丽的身上。)

玛丽　(从椅子上站了起来,神采奕奕——看起来很激动)我在这里,亲爱的,我在客厅里,等了你好长时间了。(泰隆从前厅里走了进来。紧接着艾德蒙就在后面跟着进来。泰隆看上去喝得很尽兴,但是除了眼神有一点呆滞,说话的时候稍稍有点模糊不清以外,一点没有喝醉酒的模样。艾德蒙也喝了很多,但是看不出来,除了消瘦的脸颊此时通红,就像发烧了似的。两人在客厅的门口停下脚步看了看她,马上就看出来他们害怕发生的事果真发生了。但是在这种情况下玛丽并没有看到他们眼中责备的含义。她先亲了一下丈夫泰隆,亲的时候亲密的有些过头了,弄得两人非常窘迫,但是又没好意思说什么。她自己也激动地说着话)我很开心你回来了。我以为你今天肯定不会回来的。我怕你今天不想回家。今天晚上那么闷,雾那么大。我想你在城里的酒吧里面肯定玩得很开心,有人陪着你聊天。算了,你没必要不承认了,我懂你在想什么。我完全不会怪你的,更何况你现在已经回家了,我更为感动。你没回来之前我一个人坐在这里感觉是多么孤独、难过。来,过来坐下。(她坐在圆桌后面的左边,艾德蒙也坐在左边,泰隆坐在右边的摇椅上面)晚饭估计还有一会儿才能好。这么看来你们回来得还是早了一点。这可真是太阳今天打西边出来了呢。喏,亲爱的,你的威士忌在这儿。我帮你倒一杯吧,行吗?(还没等到他答复就倒了一杯了)你呢,艾德蒙?并不是我要劝你喝酒,但是在晚饭之前喝一杯酒,开开胃,也不会给你的身体带来什么伤害。(她也帮艾德蒙倒了一杯。两人都没伸手去拿酒杯。她叽里呱啦地说个不停,好像一点儿都没注意到他们的沉默似的)詹米呢?我猜得没错,都不用问他,只要他口袋里的钱还可以买一杯酒喝,他是肯定不会回家的。(她伸出双手来死死地拽住丈夫的双手。很伤心地)我觉得我们现在根本就没办法管住詹米了。(她把脸一板)但是我们也绝对不能让他把艾德蒙教坏。我知道他心里其实一直非常妒忌艾德蒙,就因为艾德蒙是我们家里的孩子中最小的一个。就像他从前妒忌由谨似的,如果他不把艾德蒙弄得和他一样的模样,他怎么都不会死心的。

艾德蒙 (十分伤心)不要说了,妈妈。

泰隆 (呆板地)是啊,玛丽,这些话还是不要说的好。(转过身来对艾德蒙,稍微带着一点醉意)无论如何,你妈提醒你的话是对的。跟你哥哥在一起的时候还是要有心眼一点,那小子的那张嘴厉害得很,冷嘲热讽的,一定会让你一辈子不开心!

艾德蒙 (还是跟先前一样)都说了不要再说这样的话了,爸爸。

玛丽 (自己继续说下去,其余人的话直接忽视)你看看詹米现在这个样子,我当初怎么都想不到他会变成现在这个样子。你还记得在他很小的时候,那么强壮、开心,詹姆士?哪怕我们都在东奔西跑,每天到各个不同地方去演戏,坐着只有硬座的火车,住那种又破又脏的旅馆,吃一些连名字都叫不出来的食物,小詹米也没有抱怨过一句,几乎从没生过病。他从早到晚都是笑呵呵的,也没见过他哭。由谨也是一样,小东西待在这个世界上两年,既开心,身体也很强健,如果不是因为我扔他一个人在家,他也就不会这样了。

泰隆　哦，看在老天的分上，你就放过我吧！我真蠢，早知是这样的话，我干吗还要回家！

艾德蒙　爸爸！不要再说了！

玛丽　（看着艾德蒙温暖而洒脱地微笑）相比起来倒还是艾德蒙小的时候调皮一些，时不时就受到惊吓，然后就生病。（她摸了摸他的手背。逗小孩一样）你小时候可是出了名的一碰就哭。

艾德蒙　（忍不住发牢骚）说不定我在那个时候就已经知道了，这个世界上没什么可以让我觉得好笑的地方。

泰隆　（既责怪他，又可怜他）行了，行了，儿子。你明白不应该当真的。

玛丽　（好像没听见一样，十分伤心的模样）我这一辈子做梦都不曾想到詹米长大了会变成这个样子。詹姆士，你还记得吗，自从我们把他送去寄宿学校念书以后，每年都会接到学校的报告，而且每次都是对他的表扬。他在学校里是那么招人喜欢，老师对我们说的都是这个孩子如何如何聪明，每门科目都念得很好。但后来他学会了喝酒，被学校开除，他们的来信也是说十分抱歉，他们一直认为他是个聪明又招人喜欢的好学生。哪怕到现在他们仍然这么觉得，甚至还说詹米的前途肯定十分光明，只要他能改正自己的错误，能够积极向上。（她停了下来。随后又伤心又洒脱的补了一句）为什么在他的身上会发生这样的事呢。我可怜的詹米！我真的搞不明白。（忽然间，她的神情又改变，脸色非常难看，睁大着双眼责备她丈夫）说实在的我很清楚，这并没有什么奇怪的。因为你的示范作用让他成了一个酒鬼。他从小睁开眼的第一个场景就是看见你在喝酒。在那些破乱旅馆房间里也总是一瓶酒摆在餐桌上面！他小的时候每当半夜里做噩梦，或者是肚子痛的时候，你所想到的办法就是喂他喝一小匙的威士忌，避免他总是哭喊。

泰隆　（受到了打击）为什么又是怪我不好。你那个生来就懒散、不思进取的儿子情愿自己做酒鬼！我急匆匆地赶回家里，一回来所听的就是这样的话？我应该明白的，只要那个毒还在你身体里一天，无论什么事情你都只会找别人的错误，自己的错误就不说！要知道回来是这样的话，我还不如在酒吧待着。

艾德蒙　爸爸！我才跟你说叫你不要往心里去。（紧接着，赌气地）无论如何，妈妈说的也是实话。我小的时候每次有点小毛病，你想的也是这样的治疗办法。害得我每次做噩梦被吓醒的时候，我都知道你喂我喝了差不多一小汤匙的酒。

玛丽　（洒脱地回想着）就是这样，在你小的时候差不多每天晚上都要做噩梦。你之所以一出生就那么恐惧，原因是我怀着你的时候，每天都生活在恐惧中，害怕让你来到这个世上受苦。（她停顿了一下。随后依然洒脱地继续说着）但是，艾德蒙，千万别去想我是在责备你父亲。他不知道这些东西很重要。他自己在10岁那年就辍学在家了。他父母是非常愚昧、贫困潦倒的爱尔兰农村人。那种人不知道从哪里听说小孩生病了喝威士忌就能够治好的土方子，更不可思议的是他们居然完全相信了。（泰隆刚要回嘴，为他的父母反驳，但是被艾德蒙一把制止了。）

艾德蒙　（厉声）爸爸！（转移话题）您就准备让这两杯酒一直这么放在这儿吗？

泰隆　（强行地忍下怒气。呆板地）你说得有理。我直接不搭理她的说话不就好了吗？（没有任何力气地拿起酒杯）来，来，儿子，我俩喝一杯吧。(艾德蒙喝了一口酒,泰隆睁着两只眼睛看着杯子里的酒。艾德蒙马上知道了他杯子里面的酒被加了水进去。他的眉头紧皱着,看了一眼酒瓶,又抬起头看了一眼他的母亲。本想张口说点什么,后来想想又止住了。)

玛丽　(转换了语气。悔恨地)詹姆士,希望你能理解我这样的抱怨。之前我一直不想抱怨的。刚刚听到你说你早知道回来是这样的话,你还不如在酒吧待着,你知道我听到这样的话心里有多酸楚。当我听到回来的声音时我有多高兴,多迫不及待地想见到你。今天的雾这么大,天也已经黑了,一个人孤零零地在家里待着可真孤寂啊。

泰隆　(感动地)回到家里我也很开心,玛丽,我多希望你说话和行为举止都能像以前一样,那该多好。

玛丽　我一个人在家实在是太寂寞了,没办法就只能叫凯瑟琳待在这里陪我一会儿。当有人陪在我身边跟我说说话,我才能感觉我并不是孤单一人。(她的态度跟行为又回到在修道院上学的女学生时期)亲爱的,你知道我跟她刚刚聊了些什么吗?我跟她说了我俩刚认识的那天晚上,我对你一见钟情的事情。你还记得吗?

泰隆　(被深深地感动,嗓子嘶哑)那是我这辈子都不会忘记的事,玛丽。(艾德蒙把头转向一边,既伤心又窘迫。)

玛丽　(柔和地)我也相信你不会忘记,我更相信你依旧是爱我的,詹姆士,无论发生任何事情。

泰隆　(面部表情抽搐,眼睛一睁一闭地努力不让眼泪流出来。低沉的声音里布满了爱怜的语气)那是肯定的!上帝为我们的爱情做了见证人!我会一直爱着你的,玛丽!

玛丽 我也会一直爱你，亲爱的，无论发生任何事情。（停了一会儿，在客厅里实在不知道该如何的艾德蒙非常尴尬地活动了一下自己的身体。玛丽脸上又呈现出那种洒脱的神情，仿佛她刚刚所说的只是旁人的故事，跟她自己无关）但是，詹姆士，我也得说老实话。就算我情不自禁地爱上了你，如果当时我知道你这么喜欢酗酒的话，不管我有多爱你，我也肯定不会跟你结婚的。我到现在都还记得第一次看你喝醉的情形，你被你那帮酒吧里的朋友送到我们住的旅馆房门外，只拍了拍门，都没等我起来开门就跑掉了。而那个时候还是在我们新婚蜜月期，你没忘记吧？

泰隆 （内心感到愧疚，拼命地否认）我忘记了！怎么可能在我们新婚蜜月期间发生这样的事，并且我怎么会让人扶我上床！

玛丽 （就像没听到他说话似的）那天晚上你一直没有回来，我一个人在那个又小又窄的旅馆里等着你，我一直等一直等。当时我只剩下为你担心，这么晚都不回来，是不是出什么事情了。一想到这里我就极力安抚自己，自言自语地说，肯定是戏院里有什么特殊事情让你走不开。我对戏院的事一窍不通。最后我实在等不下去了，担心得不得了。我脑子里想着一些乱七八糟的东西，很想知道你到底怎么了。我担心得跪在地上向上帝祈祷不要让一些不好的事情发生在你身上。之后你的那帮朋友就把你送了回来，放在我们住的旅馆房门外。（她叹了一声）那个时候我只是以为你是因为新婚蜜月很开心才会喝醉，根本没有想到在之后的日子里，这样的事情我会经历多少次，有多少次是我一个人在那又小又窄的旅馆房间里等着你回来。到最后我自己都适应了。

艾德蒙　（怨恨地，朝着他父亲发怒）我的天啊！怪不得！（他勉强控制住自己。粗声大气地）到底还吃不吃晚饭了，怎么还不开？妈妈，我觉得已经是时候吃饭了。

泰隆　（内疚得无处藏身，垂着头，手在自己的表链上拨弄着）我看也是，在我看来时间也差不多了。怎么还不开饭。（他的双眼盯着表看，好像其余的他什么都看不见一样，哀求地）玛丽！事情都过去那么久了，就不能不提了吗？

玛丽　（立场洒脱，却也十分地怜悯他）亲爱的，我虽然没法忘记。可是我能够原谅你，一直都可以，因此你并不需要露出这副内心遭受谴责的模样出来。我就算是忘不掉，也是不应该把以往事情再一清二楚地拿出来说。我不想感到难过，更不想让你感到难过。我只需要记得以前开心的那一部分。（她又变回了原来修道院女学生那种含羞带笑的模样）也许你还能记住我们婚礼的那一天，亲爱的。但是我想你肯定已经把我穿结婚礼服的模样忘得干干净净的了。男人总是没有女人这么细心。他们觉得这种事根本就没记住的必要。但是我跟你说，你认为不重要的事对于我来说也许很重要呢！我为了那件结婚礼服想了多少天就连我自己都不记得！你完全不知道我在那个时候有多么高兴和激动！我父亲跟我说想要什么就买什么，无论我想要的东西有多昂贵。他还说，不管花多大的价钱，只要我喜欢就好。你看，他对我真的是很溺爱。而我的母亲却不会这样，她是一个诚恳信教的女人，对于孩子的教养问题十分看重。我想其实在她的内心有一些妒忌我。她反对我结婚，特别是反对我即将嫁的男人是一个戏子。我觉得她心里更加愿意我去做修女。她会经常责备我的父亲。我也听到过她对我父亲抱怨说："怎么每次我想买一些东西的时候没听到你对我说过这样的话！你实在太溺爱我们这个女儿了，要是谁娶了她可怎么办啊。她肯定会管别人要一些乱七八糟的东西，说不定连月亮她都会要。她怎么能学会做一个相夫教子的好妻子。"（她很亲密地笑了一下）让人怜悯的妈妈！（她的脸上带着微笑看向泰隆，露出一种跟平常不同的媚态）但是她的担心是多余的，对不对，詹姆士？我把"妻子"这个词完成得还算不差吧？

泰隆　（嗓子哑哑的，却还想勉强装出一些微笑）我从来就不觉得你哪儿做得不好，玛丽。

玛丽　（一丝愧疚的神情在她脸上闪过）起码我会永远爱着你，我也在尽力地守护着这个家——在条件允许的情况下。（愧疚的神情消失了，含羞带笑的少女情绪又出现在她的脸上）为了那套结婚礼服我费尽了心血，最后那个做衣服的人都被我弄得无话可说！（她忍不住笑了出来）我自己都觉得自己太严格了，这也不好那也不好，怎么做都不满意。弄到最后那个帮我做衣服的师傅说他都不敢再改了，再改一下衣服就会被毁掉了，我就让他离开了，他走以后我独自一人在镜子面前来来回回地看了好久。看到最后我才满意。我跟自己说："哪怕你的鼻子、耳朵跟嘴长得比别人有那么一点大，但是眼睛、头发、身段跟双手都很美丽，也可以弥补你其他地方的不足啊。你长得并不比他看到过的任何一个女子差，而且你没必要化那么浓的妆。"（她说到这里的时候停顿了一下，眉头紧紧地皱着，努力地回想着以前）这样一说我倒想起来了，现在那套结婚礼服在哪儿我都不知道？我记得我用塑料把它包好后就放在衣柜里面了。我以前还期望能生个女儿，等到她长大嫁人的时候，把它交给她。因为没有任何一套结婚礼服能像我的那套那么漂亮，而且我也知道，詹姆士，你也不可能对她说我父亲跟我说的那番话。你肯定会让她去选一些便宜的来买。我那套礼服是用丝绸做的，穿上去既舒服又漂亮，领口和袖口上面都有着很漂亮的蕾丝，裙子后面褶层的地方也缝有蕾丝。我记得礼服的上身紧得要命，我试礼服的时候都需要屏着气，把腰身收缩得越细越好。我父亲更是让人在我白色高跟鞋上也缝制上同样类型的蕾丝，在头纱有蕾丝的地方衬托着一些美丽的小橘子花。哎呀，我到现在依然非常喜欢那套礼服！实在是太漂亮了！但是现在被放到哪里了我都不知道？以前我只要感到孤单的时候便把它拿出来看看，然后就觉得不孤单了，但是每次看到它以后都想要掉眼泪，然后我……（她又将眉头紧紧地皱起）我忘记那套礼服被我收藏到什么地方去了？也许是被我放在阁楼上的哪只旧衣箱里。空闲的时候我上去找找。（她闭上了嘴巴，眼睛看着前方。泰隆稍稍地叹息了一声，不抱任何期望地摇了一下头，抬头想看看儿子，希望在他的眼神里能得到一些怜悯，但是却发现艾德蒙只是在看着地面。）

泰隆 （牵强地装作随意的语调）怎么还没开饭，亲爱的？（希望能逗笑）你总是怪我吃饭的时候迟到，你看我今天准点到了，饭却晚点了（她好像没听见似的。他依旧平易近人地补了一句）既然饭还没到，那就先喝点酒吧。我先把手上的这杯喝掉。（他拿着酒杯喝了下去，艾德蒙注视着他。泰隆眉头紧皱着，看着他太太，眼神中带着猜疑。厉声）有谁动过我瓶子里的酒？这杯酒被掺了一半的水！詹米现在不在家，就算他会耍这样的鬼招数也知道分寸。现在这样连个傻子都会知道。玛丽，究竟是谁动的？(被怒气冲昏了头脑)我希望老天保佑你别老毛病还没改掉，又开始喝酒……

艾德蒙 爸爸，够了！(身体对着母亲，眼睛却并没有看着她说)你是不是请凯瑟琳跟毕妈喝酒了，妈妈？

玛丽 (不痛不痒、无所谓的模样)肯定是这样的啊。她们每天的任务那么重，工钱却这么少。我是管理整个家的，肯定要想办法把她们留下来。并且我特别请凯瑟琳多喝了两杯，因为今天下午是她一直陪着我，陪我逛街，还帮我去买药。

艾德蒙 我的上帝，妈妈！你就这么相信她！你都不害怕被所有人都知道吗？

玛丽 (板起脸来、固执地)我只是去买了治骨节风湿病的药，就算全世界的人知道了又有什么？(反过来把艾德蒙狠狠地训斥了几句。就好像有什么仇恨似的)我在没生你之前连风湿病是什么都不清楚！不信你去问你父亲！(艾德蒙把目光转移，到处找可以躲避的地方。)

泰隆 别把她说的话放在心上，儿子。她说的话也不能相信。她现在已经成这样了，除了说自己手骨节痛这种理由，还能说什么？

玛丽 (反过脸来对着他。沾沾自喜，还带有嘲笑的语气)你能知道这一点我很开心，詹姆士！这样你不就可以不用劝导我了，你和艾德蒙两个人！(忽然又变洒脱了，像什么事都没发生一样)詹姆士，难道你都不开灯的吗？天已经黑了。我明白你会节约用电，可是艾德蒙都证明过，一盏灯也不会花很多钱。别因为害怕老了以后上穷人院就这样小气。

泰隆 （呆板的态度）问题不是在于多开一盏灯会浪费多少钱！是，开一盏灯并不贵，但是你这里开一盏那里点一只，最后只会让电气公司占到便宜。（他站起身来把台灯打开。大声）跟你说这个有什么用，我可真是够笨的。（跟艾德蒙说）儿子，在这等我，我去拿一瓶威士忌来，我俩再好好地喝上一杯。（他从会客厅里走了出去。）

玛丽 （自己都感到好笑）我猜他肯定一个人左看右看确定没人后才进地窖里去，就是怕人知道自己的威士忌藏在地窖里。艾德蒙，你父亲的性格很古怪。我都用了很多年还谈不上完全了解他。你也要去想办法了解他，体谅他，千万别因为他现在手头并不宽裕就看不起他。在他很小的时候他们一家人刚移民到美国这边，他的父亲就抛弃了他母亲和他们兄妹六个。他的父亲对他们说他好像快要死了，可是他十分思念他的故乡爱尔兰，因此就算是死也要死在故乡。然后他就这样走掉了，最后的结果是死掉了。我想他肯定也是一个奇怪的人。你父亲在一家器械厂里做工，当时他才只有10岁。

艾德蒙 （呆滞地反驳）行了吧，妈妈。我听爸爸说他在机器厂做工的事情，听得我都能背下来了。

玛丽 我明白，你只是记得这个故事，却没有想办法体谅一下你的爸爸。

艾德蒙 （直接忽视这句话。痛苦地）妈妈，你先听我说！我觉得你不一定像他们那样脑袋不清晰。你从我回来都没问过我今天下午去哈第医生那里得到了什么消息。是你不想知道？还是你根本

111

就不在意?

玛丽 （声音颤抖着）别说这样的话！亲爱的，你知道从你嘴里说出来的话令我心里多么难过吗?

艾德蒙 妈妈，哈第医生告诉我说，他查出来我病得很严重。

玛丽 （身子立得直直的，看不起人，维护着儿子，反倒固执起来）他根本什么都不懂，你听他在那里乱说一通！临走前我不是跟你说过不要听他胡说吗！

艾德蒙 （死死地咬住这个话题不放）他这次专门请了一位有经验的专家来检查我的病情，为了要知道我到底是不是……

玛丽 （没听见似的）别在我面前再提起哈第这个人了！你也不是没听到疗养院里那位医生，医术非常高超的……怎么说都是哈第耽误了我的！他这样的庸医应该被关进大牢里。他说还算是没把我治疯掉！我跟他说我还真发疯过一次，你应该还记得那次我在大半夜里只穿了一件睡衣跑到海港上要自杀吗？经历了那件事后，他说的话你叫我还怎么去相信？

艾德蒙 （记恨地）我怎么会忘记！就是发生了那件事以后，爸爸跟詹米知道无论如何也骗不了我了。最后我还是从詹米那知道的。我怎么都不愿意相信，我气得要揍他。可是我心里明白他说的是真的。（他声音颤抖着，眼眶里积满了泪水）我的老天，在那一瞬间我感到天都塌下来了！

玛丽 （很痛心地）别这样说。我的宝贝儿子！你说的我心里好难过！

艾德蒙 （呆滞地）妈妈，对不起，提起这个话题的是你自己。（又非常怨恨，固执地继续说）你先听我说完，妈妈。无论你想不想听我必须要跟你说，我要去住疗养院了。

玛丽　（脑袋一片空白，好像从来没有想过会发生这样的事）你说你要离开家住到疗养院里去？（激动地）不行！我不允许，哈第医生怎么能不经过我的同意就让你住到那种地方去！你父亲同意了？他凭什么做决定？你是我的心肝！他要管就去管詹米好了！（越说越激动，怒气冲冲）我明白你父亲要把你送进疗养院里的原因了。他就是希望让你不要在我身边！他总是这样，连一个孩子都妒忌！他总是千方百计让我不要孩子。看了由谨的结局以后还不明白吗？你是他最妒忌的一个。因为他知道你是我最爱的一个孩子。

艾德蒙　（非常难过）妈妈，别说这样的话了！跟他没有什么关系。并且我没明白你不让我离开家是为什么？我从前也经常离开家，你没像现在这样为我着急过！

玛丽　（哀怨地）你到底有没有良心。（悲伤地）你如果真的懂事的话，我不说你都应该知道。我知道我的事暴露了以后。我情愿你离我越远越好，从早到晚都别看到我。

艾德蒙　（低声哭泣）妈妈！别再继续说了！（他激动地一把抓住了她的手。但是在碰到以后又放了下来，想一想又非常哀怨）说了这么多你有多爱我。那为什么在我告诉你我的病情有多严重的时候，你都不愿意……

玛丽　（突然间，她的态度变成一种母亲的洒脱，她用训斥的语气）行了，行了。别在这起哄了！我不想继续听下去，这些说辞都是哈第那个混蛋弄出来的吧。（他把手收了回去。她继续喋喋不休，努力装出开玩笑的语气，可是语气里面已经带有了怒气）我的儿子，你跟你父亲可真像。你每次都无事生非，那样你就能跟演戏似的，凄凉悲惨。(并不把他当回事地笑了一笑)如果我再配合你一点的话，我想你肯定会跟我说你病得已经快要死掉了。

艾德蒙　得了这个病都要死的，你的父亲不也是。

玛丽　（严厉地）跟我父亲有什么关系？你和他的情况根本不能混为一谈。他患的是痨病。(怒气冲冲地)我不想看到你总是阴沉沉地、什么事都认为是坏的那种语气，以后不要再提我父亲死的事，你听到了吗？

艾德蒙　（脸变得很僵硬。努力忍着内心的伤痛）肯定听到了，妈妈。但是我巴不得我从没听到！(猛地站起身来，看着她，眼神里带着责备。非常怨恨)自己的母亲是一个瘾君子，想想还真是不好过！(她的表情像被针扎到似的。脸色变得苍白，就像戴着一副石膏面具。艾德蒙顿时悔恨不已，怎么能说这样的话。他结结巴巴地，一脸懊恼相)妈妈，对不起。我只是被怒气冲昏了头脑才口不择言的。你的话让我实在是太伤心了。(一阵沉默，只听到雾笛跟船上警钟在这个时候响起的声音。)

玛丽　（像丢了魂似的一步一步地走到右边窗户前面。看着外面，语气里带有一种寂寞和疏远的味道）你听到那个令人厌烦的雾笛跟警钟了吗？我真搞不懂，一有雾的时候它们总是发出凄凉的声音，就跟失去了灵魂似的？

艾德蒙　（低声哭泣地）我。我不想再继续待下去了，今天的晚饭我不吃了。(他像逃命似的从前客厅里跑了出去。她依旧两眼看着窗外，直到听到大门关上的声音。知道他已经走了，随后她才继续回到她之前靠的那张椅子上，脸上没有任何表情。)

玛丽　（模糊地）我要去楼上一趟。我的药好像还没有吃够。(她停了一下之后恳求的样子）我期望不会有不注意吃过头的那天。我一定不会有意这样做，不然的话圣母肯定不会宽恕我的。（她听到泰隆回来的声音，转过身去，碰巧看到他刚从客厅里走进屋，手里还拿着一瓶刚刚打开的威士忌。）

泰隆 （一脸怒气）我刚去拿酒的时候发现我用来锁酒的那把锁都快被人弄坏了。一定是哪个不思进取的家伙想用铁棍撬开我这把锁，这不是第一次了。（说着说着还有些开心的样子，就好像打了一场胜仗似的）还好我聪明，我这次把他骗住了。我故意去换了一把就算是职业小偷也撬不开的锁。（他把酒放在桌子上以后，正准备叫艾德蒙，才突然发现艾德蒙不在了）艾德蒙呢？怎么不在了？

玛丽 （一种不知道、疏远的神情）刚刚出去了。应该是进城找詹米了吧。他的钱包里还剩下一点钱，不花完他是不会舒服的。他说今天的晚饭不吃了。这几天他的胃口好像不怎么好。（又死不承认）所以我说肯定是热伤风。（泰隆看着她，毫无办法地摇了摇头，找了一把椅子坐了下来为自己倒了一大杯酒一口喝掉。突然间她好像实在坚持不住了，低声哭了起来）哎呀，詹姆士，我应该怎么办？（她扑到他的怀里，让自己的脸埋进他的胸前。啜泣着）他会跟我的父亲一样死掉的！

泰隆 别说这种不吉利的话！他不会死的！他们跟我说在 6 个月的时间里肯定会治好他的，跟我打包票了。

玛丽 你根本不信！你肯定又在演戏！如果他死了全是因我造成的。如果我当时没有生下他，他就不会来到这个人世间受苦；如果他没有来到这个人世间，就不会知道他的母亲是一个瘾君子。

115

也就不会恨她！早知道我就不应该生下他。

泰隆 （声音抖动）嘘,我们都是上帝的孩子,玛丽,安静点吧,别说了！他的心里只有你,但是他明白这是你的宿命,并非你想这样的,他以是你的孩子为荣！(突然间,厨房的门悄悄打开)嘘！是凯瑟琳。不要让她看见你的眼泪。(她赶紧把头转向另外一个方向,背着门对着窗户,马上匆忙地用手擦着脸,很快凯瑟琳就站在了门口,她摇摇晃晃地,走路有些飘忽不定,满脸绽放着傻乎乎的笑容。)

凯瑟琳 （看到泰隆,不由得满脸惊吓,心里有些愧疚。正经严肃地）老爷,吃饭了。(情不自禁地把声音提高了八度)太太,吃饭了。(她又犯毛病了,忘记了自己的身份,又开始毫无顾忌地和泰隆开始说话了)您怎么可能这个时候回来？天啊,天啊,毕妈可能要发毛了！我已经跟她讲了说您今天不回来吃饭呢。(不用说老头子的脸色就不好看)您不要用这种眼神看我,是的,我是喝酒了,但是我又不是喝您的,那是太太让我喝的。(她嘟着嘴,趾高气扬、旁若无人地从房间里直接出去了。)

泰隆 （轻轻地感叹了一声。马上展示出一副演员般欢天喜地的表情）走吧,太太,我们去吃饭吧,已经不早了,肯定是饿了。

玛丽 （站在他面前。面无表情像是雕塑一般,用轻微缥缈的声音）詹姆士,不好意思,现在不能和你一起吃饭了,我也没有胃口,什么都不想吃。我的身体不舒服,我就想躺着休息一会儿,好好地睡会儿,宝贝儿,对不起,原谅我。(她有些僵硬地在他脸上印了一个轻轻的吻,然后就离开餐厅,朝楼上走去。)

泰隆 （使劲地）就是想去享受是吧？要是这样的话,不用一晚上时间,你肯定会变成一个疯子的！

玛丽 （迈开脚步，表情僵硬）真不知道你的脑袋里在想什么，詹姆士。你总是这样，只要是喝醉了，就会说些莫名其妙的混话，你比詹米、艾德蒙他们还要混蛋。(她也往前走，离开了客厅，突然他停住了脚步，呆呆地站在那里，心里疑惑，满眼彷徨，像一个心事重重、无精打采的老人家，无力地迈着沉重的脚步从客厅朝饭厅方向走。)

第四幕

景：地点同第一幕，半夜的时候。前方的客厅黑漆漆一片，没有灯光，没有一点光亮从客厅投射进来。卧室里就是床前的一盏昏暗的灯亮着，外面的雾好像比早上的时候更加浓厚。大幕拉开的时候，传来了雾笛的低吟声，然后又传来了船轰隆的鸣笛声。

　　泰隆端坐在桌子前面，鼻梁上戴着一副黑色的眼镜，一个人在自娱自乐地玩牌。他没有穿外套，就穿了一件薄薄的深色微破睡衣。桌子上放的酒已经喝去了大部分，但还有一瓶没有开的，这个酒是他从酒柜里拿出来的。从他现在这个样子就可以看出，他已经喝高了：他把一张张牌举得高高地放在眼前，像是拿着一个放大镜在仔仔细细地研究着；接着，他颤颤巍巍地把牌放下来，仿佛没有看准方向。他的眼睛像是罩上了一层淡淡的雾水，朦朦胧胧的；嘴巴轻松地张开着。他已经喝了很多酒，几乎整个肚子都被灌满了，但是还没有达到如痴如醉的地步。现在像是刚才上一幕结束时的样子，无精打采，孱弱苍老的可怜老爷，和天斗争，但是失败了，于是他所有的斗志都没有了，软绵绵的。

〔**幕启**，大幕拉起时，他已经结束了这一局，开始整理桌子上的牌。他笨拙地一张张收敛着牌，他的脚底下躺着几张牌，他十分缓慢地好像用了很大的力气才把地上的牌捡起，然后接着洗牌。外面传来了脚步声，好像有人来了。他缓慢地抬起头，扶了一下鼻梁上的眼镜朝前方望去。

泰隆 （含含糊糊地）谁啊？艾德蒙？你回来了吗？（艾德蒙回了简短的一句"是的"。然后就听到他好像是在黑夜里撞到了墙的声音，他不清不楚地抱怨了一下。一下子客厅里的灯就开了，亮起来。泰隆微微皱皱眉头，对着外面吼）等你进来了再开灯。（艾德蒙不搭理他的话，还是让灯开着。他穿过客厅进来，好像也喝高了，但是他像他的爸爸，酒量很好，即使喝了很多，也看不出醉意，就是眼睛红红的，还绽放出一些凶狠的目光，流露出"看谁敢跟老子斗"的眼神。泰隆和他说话，还是很温和的，他终于回来了，太好了）看到你回来真好！儿子啊，这么大的家就我一个人，真的好孤单。（然后就表现出有些不开心的神情）你真是个混蛋，居然神不知鬼不觉地就走了，丢下我一个在家，在这里无聊地坐了这么久，你又不是不知道……（声音提高）让你把外面的灯关了！现在这里又不开派对，不用开这么多灯，开一个就够了，不用亮得像白天一样，节约点，不要浪费！

艾德蒙 （同样生气）像白天一样亮！开一个灯！哪有这样的，还没有睡觉呢，客厅里不能开灯吗？（他摸摸脑袋）我一进来就撞到墙了，我的鼻子跟前额都要一样平了，疼死了。

泰隆　这个房间里的灯光也可以照到客厅的，如果你没有喝酒，肯定看得清楚，不会撞到墙。

艾德蒙　如果我没有喝酒，你现在是在和哪个人说话啊！

泰隆　我才不管别人怎么样呢，要是别人有钱挥霍，就让他们自己去挥霍吧。

艾德蒙　一盏灯！神啊，别太寒酸了！我早就跟你计算过，即使开一盏灯一个晚上的费用也抵不上一瓶酒！

泰隆　你知道个屁啊！要算账的话，就等到月底的时候看看账单。

艾德蒙　（坐在父亲对面的凳子上，蔑视他）是啊，现实等于无，不是吗？只要你心里想相信，那就是真理，不用争辩的真理！（尖酸刻薄）比方说，莎士比亚是一个爱尔兰基督徒。

泰隆　（固执地）怎么不是？你可以从他的话剧里发现确凿的证据。

艾德蒙　我就是不同意，那些肯定只有你才能发现吧，（大笑不止）再说一个例子，惠灵顿公爵，你是不是也觉得，他跟莎士比亚一样啊？

泰隆　我并不认为他是圣人，他是反叛分子，但是他始终是一个基督教徒。

艾德蒙　但是实际上不是这样的，你认为他是，那是你的思维里认为唯有爱尔兰基督教徒的将军能够跟拿破仑抗衡并且打败他。

泰隆　算了，我们没有必要争辩这些，我就是希望你可以节约一点，不要打开客厅里的灯。

艾德蒙　我知道，就因为是你让我关的，所以我才不想关。

泰隆　你这个逆子、不孝子，真是没大没小的，就是这么不听话。

艾德蒙　就要这样，你要做个小气鬼，就自己去做吧！

泰隆　（气急败坏地）你好好听着！以前你没大没小的，我都没有跟你计较。从你的言行举止中，我觉得你是不懂事，脑袋不正经，因此我不能跟你计较，更加没有想过要狠狠地惩罚你，但是人的忍耐都是有限度的，不可能无限制地忍耐。你最好听我的，去把外面的灯关了，否则的话，别以为你现在人高马大的，这么大的个子，我就不敢打你，我照样会拿皮带狠狠地给你颜色的……（忽然想起了艾德蒙身体不好，从小就体质差，一直有病，迅速地有些愧疚，暗暗自责起来）对不起，儿子。我忘记了……你应该做个听话的孩子的。

艾德蒙　（脸红了）不要说了，爸爸。是我不对，不要生我的气。是我不懂事，向你无理取闹。我刚刚喝了几杯酒，我现在就去关灯。（他说着话，转过身体朝客厅走去。）

泰隆　不用关了，就让它亮着吧。（他突然也跟着站起来。微醉着，一摇一晃地，举起手把上面的绳子一拉，头上的灯一个个都亮了起来。他脸上的表情有些孩子般地调皮，虽然有些做作，但是一副楚楚可怜的样子）干脆都亮起来吧！管它们呢！去它的！等老了都要去福利院的，早去晚去有什么区别呢！（他把房间的灯都打开了。）

艾德蒙　（越看爸爸的样子，越是觉得可爱。不由得咧开嘴笑着看他，温和地扮鬼脸取悦他）呵！这样就可以大团圆结局了。（开心地微笑）爸爸，身手还可以哟！

泰隆　（自然地坐到凳子上，有些可怜的神情，轻声说着）行了，行了，你就尽管笑你爸爸这个糟老头吧！糟老头！不管怎么样，现在他们还不是在福利院，但是这依然不能算是喜剧！（看着艾德蒙淡淡地微笑，聊些其他的吧）好吧，好吧，我们都别争，你也是个明白事理的人。虽然你现在什么都不懂，想怎么样就怎么样，但是等到你长大些，结婚生子以后，你就知道生活中柴米油盐来之不易了，知道怎么生活了。你跟你的那个混账哥哥不一样，我对他早就不抱希望了。说到他，他怎么现在还没有回来？又到哪里瞎混了？

艾德蒙 他没有跟我说，我不知道。

泰隆 我还以为他跑到你那里了呢。

艾德蒙 他没有来，我到海边去了一趟，下午的时候我们见了一面，然后就分开了，之后我就不知道他去哪里了。

泰隆 你不会把我给你的钱分给他了吧，我的傻孩子。

艾德蒙 我肯定会给他钱啊，他有钱的时候总是记得分给我。

泰隆 要是这样的话，那就不用找他了，他一定又去瞎混了，跟哪个女人混在一起。

艾德蒙 不能去吗？即使去找女人了难道不行吗？

泰隆 是啊，他怎么就不能去找女人啊？他就是属于那个环境的，那里才是属于他的地方，他的兴趣爱好除了酒就是女人。他还有什么其他的追求吗？

艾德蒙 好了，爸爸，别这样了，放过我吧。你看你，又这个样子了，我要走了。（他准备起身走。）

泰隆 （应付地）行了，行了，我知道了，不会再说了。你以为我喜欢说这些啊？我们要不要喝点？

艾德蒙 是嘛！就该说点高兴的。

泰隆 （拿起桌子上的酒瓶，熟练地）现在不适合再喝酒了，我知道你在外面已经喝了不少了。

艾德蒙　（朝杯子里倒酒，摇摇晃晃地）做好人就做到底。（把酒瓶给他。）

泰隆　你身体本来就不是很好，实在不应该喝那么多酒。

艾德蒙　不要说我了。来，我们干杯。

泰隆　干杯。（杯子相碰）到海滩去了那么久，肯定很冷吧？

艾德蒙　还好，没事。我刚才到饭店休息了一会儿的。

泰隆　现在天气不是很暖和，还是不要到郊外去。

艾德蒙　我喜欢大海，那里有自由新鲜的空气，是我的最爱。（看到他的样子、说话的语气，满满地都是醉意。）

泰隆　要是你可以理智点，就应该明白现在这种气候不适合。

艾德蒙　没那个工夫费脑筋！我本来就是个不正常的人，干吗要做些正常的事情？（瞪大眼睛看着前面）海滩上，一层淡淡的雾气，越往里面走，往回看，根本看不到远处的房子，几乎什么都看不清楚，就只能望到眼前不远处的景象，我一个人什么也没有看到，感到眼前的东西、耳边的声音都是虚伪的，所有的东西都罩上了一层淡淡的雾气。我想得到的就是这些。独自一个人仿佛处于另一个世界，真真假假难以区分，跟现实世界分开。从港口出来，脚踩着沙滩往前走，我感到自己是缥缈的，不是在现实大地上，雾和海水连在一起，仿佛你行走在海底里，好像很早很早以前你就已经深陷海洋了，仿佛我就是迷雾里的精灵，雾是海水的精灵，但是可以作为精灵中的精灵还是挺不错的。（他用余光看到他的爸爸正瞪大眼睛看着他呢，眼神里包含着着急和不满。嘲讽地）别用这样的眼神看着我，好像是看疯子似的。我说得没有错啊，又有谁想去探察人生的丑恶面目呢？希腊故事中有三个蛇发女妖合为一体，只要是你看到他们的脸，你就会变成一块石头。还有"牧羊神",要是你看到了他,就会立刻死掉——这就是说,一旦你参透了人生的秘密,你的心就已经死了,你也就是个行尸走肉而已。

泰隆　(不得不说还是挺信服他的,但是就是觉得不是很喜欢)你现在越来越有诗人的气质了,但是未免有些悲观了!(脸上艰难地挤出一丝笑容)别跟我说你那一套的悲观论了。我的心情已经够差了。(感叹一声)你干吗不去好好研究莎士比亚的诗句,忘记那些不入流的小角色呢?莎士比亚早就把你现在说的话说过了,他大概把人这一辈子要说的话都已经说过了。(他声情并茂地专注吟诵着这几句)"做人就如同做一场梦,而我们渺小的一生就是结束在睡眠之中。"

艾德蒙　(讥讽地)太棒了!真美啊,但是我说的不是这个意思。我们本来就是一个臭皮囊,唯有酒可以消愁,带走烦恼,这样才真实一些。

泰隆　(真是低俗)噢!你还是把你的这番理论放在心里吧,要知道你这个样子就不请你喝酒了。

艾德蒙　现在喝得的确够劲啊,你也一样吧。(他嬉皮笑脸地跟爸爸开玩笑)即使你看过很多戏!(严肃凶狠地)况且,现在喝高了嘛,说这些怎么不可以?我们想喝就喝,对吧?爸爸,我们不用那么虚伪,自己骗自己干吗呢?现在我们不用掩饰自己,我们心里的忧愁自己都知道,就用酒来消愁吧。(马上接着说)但是什么都不说了,说什么都没有意义。

泰隆　(木讷地)是啊,没有意义,尽人事,听天命……还是跟从前一样。

艾德蒙　我们就一醉方休,把烦恼都忘记。(他背诵西蒙斯译成英文

的波特莱尔的散文诗，而且背得很动听，声音里含有愤慨和激动）

要永远地沉醉，但唯一的问题就是，其别的事情都为无关紧要。如果你不想被时间那可怕的重担压在你的双肩，把你压垮在地，碾为尘土，你就不该永远地沉醉。

用什么来沉醉呢？用酒，用诗，抑或是用美德，至于用什么取决于你自己！但是一定要沉醉。

如果有的时候，在宫殿的台阶上，在小溪的绿岸边，或者是在你那孤独寂寞的房间内，你不幸醒来，而那种沉醉也从你的身上消失一半或者全部，那你就问问清风吧！问问浪花，问问星辰，问问飞鸟，问问时钟，问一切飞翔的，叹息的，摇摆的，歌唱的，谈论的，问问它们现在是什么时间；而那些风、浪花、星辰、飞鸟、时钟要回答你"是沉醉的时间！"那你一定要沉醉！如果你不愿意做时间的努力和牺牲品，那你更要沉醉，用酒，用诗，用美德，至于用什么取决于你自己！

（他笑呵呵地要逗他的爸爸。）

泰隆 （含混不清地挑逗着）如果换作我是你，我肯定抛弃掉那些正人君子的美德。（接着非常厌烦）呸！全是骗人的混话！根本没有一点真情实感，那莎士比亚说得义正词严的。（接着显示出赞赏）但是你说得挺好的，儿子，这是谁的作品？

艾德蒙 波特莱尔。

泰隆 这人是谁啊，以前没有听说过这个人。

艾德蒙 （笑呵呵地挑逗他的爸爸）他的作品有很多，比如关于詹米和百老汇的。

泰隆　不要跟我说那个二流子！我就希望他不回来，就住在外面！

艾德蒙　（自言自语地继续说着,根本不管爸爸说的什么）他出生在法国，在詹米出生之前就死了，而且从来没有去过百老汇，但是他十分了解詹米的故事和美国的情况。他写了一首名叫《尾声》的诗。（他背诵）

> 心地平静的我攀登上城堡陡峭的顶峰，
> 登高望远，把全城尽收眼底，
> 医院、妓院、监狱和其他类似的人间地狱。
>
> 在那里，罪恶像花朵般轻轻滋生蔓延，
> 您知道，撒旦哦，我那痛苦的守护者，
> 我此时登高远眺，并不是为了空洒泪水。
>
> 如同一个忧伤而衷心的老色鬼那般，
> 只想和那肥胖的妓女寻欢作乐，
> 她那魔鬼般的美貌令我无法自拔。
>
> 或许你还在满身酒气地酣睡，
> 白日的欢乐使你陶醉，或是换上新装，
> 穿上镶金的轻纱倚门而望。
>
> 我爱你，丑恶与邪恶并存的名城！
> 妓女和逃犯自有他们欢乐的贡献，
> 凡夫俗子则是永远无法理解。

泰隆　（气急败坏地无法忍耐）又来了，全是些淫秽之辞！你是从哪里学会这些乱七八糟的鬼话的，全是悲观、恶心、丑陋！他是不是一个没有信仰的人？要是你也不相信神的话，那么你就不会有希望了。你的缺点就是这个，如果你可以向上帝忏悔……

艾德蒙 （仿佛什么都没有听到。冰冷地嘲笑）你看看跟詹米像不像，整天都是躲避现实，依赖酒精麻痹自己，就知道窝在昏暗的房间里跟丰满的女人鬼混。他对那些丰满的女人情有独钟。对着她们朗诵道森的诗《辛娜拉》。（嘲笑不止）滑稽的是那些裸体的女人根本不知道他在说些什么，就是觉得有人在嘲笑他，詹米难道爱过辛娜拉？他一生都没有真心爱过任何女人，即使他很会来事，但是他依然是躲在房间里自己骗自己，自以为是，觉得"一般人不可能理解他的快乐"！（他大声笑着）疯了，肯定是疯了！

泰隆 （面无表情，说话也不是很清晰）是啊，一定是个神经病，你在上帝面前忏悔就行了。要是你蔑视上帝，那么你就是不相信理性。

艾德蒙 （不搭理）我凭什么笑话别人？他做过的，我也做过啊，诗人创作就是这个样子，喝酒喝到高兴的时候就会出现灵感，然后就写几首诗念给酒吧的蠢女人听。滑稽的是，那些女人却当他是个神经病，最后把他轰出去！（他依然大笑着。突然严肃起来，从心里真心怜悯）真是可怜的人，酒、女人就足以要了他的命，（自己也吓到了，刹那间看到了心里的害怕和难过，然后就是害怕别人指责，自嘲地）或许我该识趣些，聊聊别的吧。

泰隆 （含含糊糊地）你的这种欣赏水平是从哪里学会的？你看的都是一些什么乱七八糟的书啊！（他指着后面那个小书柜）莫泊桑、哥白尼、欧亨利、福楼拜，全部都是没有信仰的笨蛋、神经病！

那些你崇拜的所谓作家,什么莫泊桑,什么哥白尼,还有欧亨利、福楼拜,全是一群神经病,呸!那里放着那么好的《莎士比亚全集》(指着最大的几本书),你就不好好读!

艾德蒙 (故意惹怒他)他们都说莎士比亚同样嗜酒如命。

泰隆 才不是呢!我知道他喜欢酒这玩意。他是圣人。他能够喝酒,而且即使他喝了也不会跟他们一样想的都是悲观和丑陋。不要把他们跟莎士比亚放在一起。(然后他又指指书架)莫泊桑、哥白尼、欧亨利、福楼拜全部都是没有信仰的、下流的吸毒鬼!(他也吓到了,心里暗暗地愧疚。)

艾德蒙 (一方面遮掩短处,一方面冰冷地)说点别的吧,不要再说这了,(停顿)你别说我不懂莎士比亚,我们有一次打赌,我还赢你钱啦呢。你觉得我没有你聪明,不可能像你在戏班里一样,在七天内把莎士比亚剧本里一个角色的台词都记下来,我背给你听,一个字都没有错。

泰隆 (欣然同意)是的,你的确挺聪明的。(感叹了一下,然后继续挑逗)但是真是难受啊!但是我记得清清楚楚,你都把莎士比亚的台词背得变了味道。我听着心里就满是惭愧,早知道就不跟你打赌,这样就不用听你背了。(他不由得笑出声来,艾德蒙同样咧着嘴笑。然后听到外面有脚步声,吓了一跳。担惊受怕地)听到了吗?她出来了,我还以为她不在呢。

艾德蒙 别管她,我们接着喝,怎样?(他握着酒瓶,继续往杯子里倒酒,倒满了就把瓶子拿过来,朝他爸爸杯子里倒,他像没事似的)妈几点就睡觉了?

泰隆 你出去一会儿就睡觉了,她身体不舒服,没有吃饭。你为什么突然就走了？

艾德蒙　没事。（突然端起杯子）干杯。

泰隆　（熟练地）尽情地喝酒，儿子。（他们继续喝着，泰隆仔细地听着上面的声响，担心着）她好像来来回回走着，真希望她别下来。

艾德蒙　是啊，现在她肯定像个魔鬼似的，把以前的事情都翻出来。（停顿一下，然后悲伤地）一直提到我出生前。

泰隆　她对我也是一样的？经常说起她遇见我之前的事。从她嘴里了解到，你难道真的以为她从来就没有过开心的时光？除了童年和她爸爸在屋子里的那段日子，就是在教堂当学徒，整天做祷告，学习钢琴。（控制不了内心的嫉妒和仇恨相交替）我同你讲了，只要你母亲回忆起曾经的那些事情，你就要考虑她说的了。她心里那个很不错的家其实就这样。她的爸爸根本不像她说的那样——是一位很伟大、很宽容的、有礼貌的爱尔兰男士。不过，他品行还好，热爱社交，特别是能说会道。我们的关系非常好。他算得上是小有财富，从事的行业是食物贸易，为人勤快。然而他也有自己的短处，她如今说我喝酒是错误的，但是她不记得她的爸爸同样喝。对，他过了四十年一次酒都没有喝过的生活，然而四十岁之后他却上了瘾。他其他的都不爱，整天就钟情于香槟，这种癖好特别不好。他本来就特别爱要面子，其他品种的酒不爱，只喜欢香槟。好了吧，现在就因为香槟丢了性命。酒醉又有肺痨。（他停了一会儿，觉得特别过意不去，瞟了自己孩子一下。）

艾德蒙　（讽刺地）我们竟然一聊天就聊到了不开心的事情？

泰隆　（伤心地唏嘘）嗯，那倒是。（然后委屈地小声说道）我们来玩玩卡西诺①行不行，我的孩子？

艾德蒙 行啊。

泰隆 （动作迟缓地搓牌）詹米还没有回来，我们是不可以关上门休息的。他有可能赶得上最迟的那辆巴士回家。我却希望他赶不上。而且，我一定要在你母亲休息之后才会去楼上。

艾德蒙 我和你一样。

泰隆 （接着笨手笨脚地洗牌，却忘记了发牌）我不是和你说了，她说到以前的那些事情的时候你千万要想一下。她特别擅长钢琴，年轻的时候想和音乐家一样登台表演，那些话全部是修女们在拍她的马屁，让她同样觉得自己可以。在那些学徒里面，修女们最喜欢的就是你妈妈。原因是她对上帝特别虔诚。那些修女全部是一些眼界狭小的老奶奶。她们不明白成为一名音乐家究竟是怎样艰难，就算是特别有音乐天赋的孩子，也极少有可能登台表演的。我的意思不是说你的妈妈在当学徒的那段日子钢琴技巧并不是很好，只是真的要登台就……

艾德蒙 （用力地）既然想打扑克为什么不发呢？

泰隆 啊？我马上发。（手颤抖着，发起牌来乱七八糟）可是要和修女说的那样，却是不可能的。你的妈妈是我遇见的最漂亮的女人。她年纪小的时候特别爱闹，特别喜欢显摆自己，尽管看到别人就爱脸红，显得特别害羞。她一出生就属于不问世事、超凡脱俗的那种人。她就是一朵即将绽放的花骨朵，特别健康，一开心就喜欢谈朋友。

艾德蒙 啊，父亲！为什么不把牌拿起来玩呢？

---
① 卡西诺的英文是 Casino，含义为"赌场"，是能够双人对打的扑克。

泰隆 （将自己的扑克拿了起来，傻傻地）很好，让我看看自己有哪些牌。（两个人瞪着自己手里的牌，装作看不见。突然，两个人一起吓了一跳。泰隆小声喊道）你瞧！

艾德蒙 她到楼下了吧。

泰隆 （慌乱地）我们玩自己的牌。假装没有看见,她马上便会上楼去的。

艾德蒙 （双眼盯着客厅外面，终于安心了）没看到她下楼。她也许开始是准备下来的，下到一半之后又回去了。

泰隆 谢谢主啊。

艾德蒙 很好，如果这时候看到她，肯定非常恐怖。（非常悲伤地）完全不能接受她看到你的时候四周似乎有围墙隔着，将你挡在外面。大概用大雾做比喻更形象，藏在那里看不到影子。最恨的便是她故意如此！你本来就明白她是故意弄成这种样子……使我们没有办法靠近她，将我们一下推开，好像和我们生活在不同的空间！仔细思考一下，尽管她喜欢我们，但她同样好像和我们有仇一样！

泰隆 （好心劝道）算了算了，我的孩子。并不是她自己想如此的。原因在于那可恨的毒品。

艾德蒙 （仇恨地）她刻意碰那些毒品把自身害成现在这般模样。尽管如此，反正现在是她刻意弄成这般模样的！（忽然地）是不是该我了，对不对？嗯。（他抽出一张扑克。）

泰隆 （像设定好了一样出牌，责怪道）你应该清楚，她尽管装作不在意的模样，但听说你病了她就被吓坏了。我的孩子啊，你就不要和她把关系闹成这样了。千万要记得她不是自己愿意的啊，还不是因为那害人的毒品……

艾德蒙 （脸色慢慢变得僵硬，用非常痛恨的眼神看着爸爸）毒品不应该缠着她的！我懂不是她的错！我清楚是谁的错！错在于你！谁叫你那么小气！我从一生下来她就疾病缠身。如果你那时候愿意出钱去找一个技术不错的医生……那个人完全不了解医术，只知道随便看看，病人出了事，他完全不关心！原因还不是在于酬金太少！你又捡了一个好处！

泰隆 （被刺激到了，愤怒地）闭嘴！你为什么要乱讲那些自己都没弄清楚的问题！（拼命忍住不动怒）你也应该了解我的难处，我的孩子。我难道很早就清楚那是个平庸的医生吗？他的名声很不错……

艾德蒙 也许是饭馆酒店的那些烂鬼觉得他不错吧！

泰隆 乱讲！我是让饭店老板找的最不错的那个。

艾德蒙 就说啊！一边装着自己特穷，希望别人赶紧帮你找个钱少一点的医生！我早就明白你了！就当以前没弄明白，今天傍晚也看清楚了！

泰隆 （不好意思地问道）今天傍晚发生什么了？

艾德蒙 如今别问了。我们还是说一说母亲的事情！无论你如何狡辩，我觉得你心里清楚，就因为你小气，只知道看重钱。

泰隆 你乱讲！你立刻闭嘴，否则……

艾德蒙 （不管他）直到你察觉出她离不开毒品，你怎么不早一点把她送到医院，那时候她至少还可以康复啊？你当然不会，这样要花费一大笔钱！我知道，你肯定只跟她说要坚信自己，肯定会康复的！现在你肯定还是这么认为的，尽管真正了解这种病的医生跟你讲过那是不可能的！

泰隆　你是在乱讲！我如今真的懂了！可是我以前肯定不会明白！我知道什么是毒品吗？直到我察觉出问题，早就过了好久了。开始的时候我只认为她是生了孩子之后还没有康复，没有一些大问题。你竟然还跟我说，我怎么不把她送到医院？（怨恨）我难道没有吗？我因为帮她治病早就花了不少钱！全部是自己的钱啊！医院对她没有用！康复没多长时间又病了。

艾德蒙　那是由于你一直不让她戒掉！你不愿意使她拥有个温暖的家，只有这个破烂不堪的烂屋子，这是她最讨厌的破烂房子。你不愿意出钱装修这所屋子，只知道集资投入房地产，那些人都是挖矿产的骗子，你难道不会被骗？只知道赚大钱！常年各地演出，你带着她各地奔波，哪一次不是这里演一场，次日就直接启程的，然而她只是孤单一人啊，又没有什么人能够聊天，整天就在那些破旧的酒店盼望你回家。盼来的呢，却是每次醉得要死的你！主啊，为什么是她的责任，想戒掉是很难啊！我只要一想起这些就想把你埋怨死！

泰隆　（像受了重伤）艾德蒙！（来了脾气）你竟然这样和你的爸爸讲话，你这个没大没小的狗崽子！更何况，我帮你做了多少事啊！

艾德蒙　那些我们以后再说吧，你帮我做的事！

泰隆　（满脸愧疚。不管他这一句话）你就别和你母亲一样错怪别人啦！她是因为毒药的残害才说这些话的。我根本就没带着她满世界跑，如果她本身不乐意。我想她和我一起，不是非常普通的事情吗？我喜欢她，她和我一起就是由于喜欢我，想和我待在一块儿。真的是凭良心啊，无论她吸食毒品过后说什么话。而且，她那段时间又不止一个人，是有人和她在一起的。我那个戏班里面许多演员和她都有的聊，如果她愿意。她还带着儿子，一直在旁边。况且不管要花多少钱，她都会请一个保姆替她照看孩子。

艾德蒙 （悲伤地）这是你唯一的大方之处，不过这完全是由于你的忌妒心理，你担心她在关怀孩子的成长上用太多的心思，因此请了一个管家把我们带离到偏远的地方！这个做法也是错的！如果是妈妈自己照顾我，把所有的注意力都放在这里，恐怕就……

泰隆 （被逼迫地反咬一口）行了，不要再说了。如果你将她病发时的说辞当作是真的的话，那你最好当初就不要出生，她也不至于……（他没有说了，愧疚地停下来。）

艾德蒙 （突然感觉心力交瘁，十分心痛）你的话没错，爸爸，我想妈妈也是这样想的。

泰隆 （后悔不该这样说）事实不是这样的，你妈妈是这个世界上最爱你、最慈爱的妈妈。刚才那样说只是因为我的气没有地方发泄，像你刚才那样拣陈芝麻烂谷子的事来说，又讲出来你是这样的恨我，我才……

艾德蒙 （低沉地）爸爸，其实我也不是完全这样想的，（突然笑了起来，半真半假地用玩笑的语气说）我和妈妈的用心是相同的，不论发生什么事，对父亲你的情感总归是善意的。

泰隆 （微醉笑道）我对你也有一样的情感，说真的，你作为我的儿子其实也没有什么特别厉害的，这也算是"子不嫌父丑"（两个人相对大笑，可能是由于亲情吧，也可能是酒精作怪，发着酒疯，换了一个话题）现在这手牌打得怎么样了，轮到谁了？

艾德蒙　好像是该你出了。(他打了一张牌,艾德蒙吃了这张,不过他们还是忘了继续出牌。)

泰隆　我的孩子啊,你不要因为刚才那些糟糕的信息而难过。私人医师都向我承诺,如果你在那个地方愿意配合治疗,半年就可以痊愈,不会超过一年。

艾德蒙　(脸色变得难看起来)你们不要骗我了,你是不会相信那些鬼话的。

泰隆　(反应过于激烈显得很不正常)我肯定相信,为什么不信任那些医生,不是两人都?

艾德蒙　爸爸,你说我会死吗?

泰隆　疯言疯语,你乱说些什么!

艾德蒙　(心里的恨意更加浓厚)因为你心中想的是,为什么要浪费钱呢?你原本就打算把我弄到一个荒无人烟的地方去。

泰隆　(内心受到谴责,惊慌失措)什么荒无人烟的地方?那是我特意安排的疗养院,专家都说那是最适合你恢复疗养的地方。

艾德蒙　(不留情面)节约钱的就是好场所,用另外一句话说就是能节约就节约、能省就省,最好是分文不用。父亲,你不要矢口否认了,其实从一开始你就知道所谓的"疗养机构"就是政府用来做慈善的,詹米从一开始就怀疑你可能会对哈第说自己没有钱,因此他设计让专家说了实话。

泰隆　(突然愤怒起来)你那个处处为你打算的好哥哥就是一个酒鬼、流氓!我可以毫不费力地把他扔到臭水沟里去!你在小的时候就跟在他屁股后面,他总是捣乱挑拨我们的关系,让你这么恨我。

艾德蒙　慈善机构这总是真的吧,你敢说你没有撒谎吗,你还想赖掉吗？

泰隆　根本不是这样的，即使真的是政府的慈善机构又怎么样呢，又不是最差的，政府可以把这些机构办得比一些私人医生更好，我用这些社会资源又错在哪里了呢，你和我都有权利享用这些，我们每年可是缴了很多的税，难道不是吗？

艾德蒙　（被怒气激得愤慨不已）这倒是，在他们的资料记录里，你的资产也不过区区二十五万。

泰隆　你瞎说，已经全部押出去了！

艾德蒙　哈第和其他的专家都了解你的家底是多少，我完全不了解他们是什么心思，眼见你这样说自己有多困难，还暗示他们把我移交到其他的机构去。

泰隆　你这完全是污蔑，我只是对他们说，我们没有这个资金去住那些供富豪享受的疗养机构，你也知道我们的钱都投资在土地上，这是一个无须争辩的实情。

艾德蒙　但是你也去了酒吧和麦贵谈判，你又被他骗了一次，他转给你一块烂地盘。（泰隆刚准备矢口否认）少在这里假惺惺地编造借口，你们合约完成后，我们就在酒店遇见了麦贵。詹米试探他，问他是否又黑了你一笔的时候，他挤眉弄眼地对我们开怀大笑。

泰隆　（最后挣扎着编造谎言，无力地想撒谎）他在骗你，万一他……

艾德蒙　从头到尾就是你在骗我，（言辞更加激动）天啊，我的主啊，爸爸，当我开始出海，自己养活自己时，我就开始体会劳动是件多么累人的事情，赚钱有多么的困难，尝过很多苦头。整天饿肚子，夜里连住的地方都没有。我也只是忍气吞声，从来不和你计较，像我们这种环境如果不含糊地生活，我们肯定会气死的，偶尔我想想做过的一些鬼事，我对自己也不怎么太较真了。我总是和妈妈有同样的想法，只要是与钱有关的事情你就变得苛刻。我的天啊，但是你这样做也太出格了，想到我都要吐，不完全是你对我有多么恶毒，我不想再说什么了。我这样对你不恭敬，并不是偶尔才这样的。但是，你扪心自问，因为你的孩子得了肺病的事，你竟然可以像这样地哭穷，在众人面前颜面丢尽，难道你不知道哈第的嘴有多么毒，把这件事情散播出去，所有的市民都知道了这件事。我的主啊，爸爸，难道你已经没有脸了，不知道羞耻是什么了吗？（肺都几乎气炸）你给我等着，这件事情，我是不会这么轻易地饶恕你的，什么狗屁政府疗养机构，我是不会踏进去半步的。我才不会为了帮你省几块破铜钱给你买些烂地皮。你这个浑身被恶臭味熏染的铁公鸡，一毛不拔的臭商人。（他骂得喘不过气来，喉咙发痒，一阵剧烈地咳喘，身体也跟着颤抖起来。）

泰隆 （这些话让他无地自容，他不住地往角落里缩，试图找到一些安全感。虽然被儿子骂得狗血淋头，但内心的羞愧和自责更加不能控制）不要再说了，不要这样对我，你的神志已经不清醒了。我不再与你争执，你别喘了，我的孩子，你看你气成什么样了。没有人说一定强迫你去政府慈善机构。你想去哪里我都不拦着你，就算是倾家荡产我都不怕。你别再骂我了，我只是怕那些专家以为我很富有，来胡乱找我要钱而已。（艾德蒙的喘息停息了片刻，他毫无血色的脸上有种垂死的征兆，他爸爸很怕看到儿子这副样子）我的孩子啊，你这样太孱弱了，还是接着喝点酒来提点精神吧。

艾德蒙 （拿过整个酒瓶，急切地给自己倒上一杯）呵呵，真是谢你。（把杯子里的酒一口喝掉。）

泰隆 （抬手给自己也满上一杯，瓶里没有酒了，他把杯里的一口喝掉，低头看着桌台上的牌）轮到谁出了？（他愣愣地说，没有一点的恨意）全是恶臭缠绕的小气鬼，这样也好，或许你说得也不错，自从我发达以后，我就总是请别人喝酒吃饭，借钱给别人，其实我心里清楚他是不会把钱还给我的。（自嘲自讽地玩笑道）这样的大方也只是在这些狐朋狗友间喝醉了酒的时候，等我完全醒过来，对待家人就没有这样的慷慨了。我就是在做孩子的时候家里太穷了，过了很多苦日子才明白赚钱的不简单，又担心老了没有人养。从那个时候开始我就知道运气这回事不可能是一辈子的，总是担心风向会转，万一运气不好就会赔光，说这么多，多买一些地皮心里总是很有安全感的。也许不是完全正确的，但这仅仅是我的个人看法。银行会垮，银行倒闭了我就一分钱都没有了，但是地还是留在那里，永远都不会变。这……（语调高亢起来）你总是喊着你懂我的困难和经历过的磨难，你懂什么啊，你什么都不了解。你一出生就有保姆照顾你，读个书也没有读完，完全不担心生活问题。你做过苦力，这是个不争的事实，在外面花得一毛不剩没有依靠，我服了你这样的魄力。但是归根结底也就是玩玩而已，就像书里的探险情节，都是假的！你只是把这一切当成儿戏，寻求刺激。

艾德蒙 （毫无精力地回应）行吧，特别是那次在俱乐部想寻死。差一点就真的死了的那回。

泰隆　那是由于你有点神经病。我的孩子就不会这样——那是由于你喝多了。

艾德蒙　我当时根本就没醉，而且就是因为特别清醒，才会变成那个样子。我本来就不应该动脑筋的。

泰隆　（带着醉意又有些愤怒）别给我在这里讲那些鬼话连篇的无神论！我才不会听。我只是想告诉你。（轻蔑地）你是不会知道赚钱是多么困难的？在我只有十岁那时我的爸爸丢下我妈妈不管，一个人跑了，来到爱尔兰老屋等待死亡的降临。他真的没过多长时间就去世了，他是罪有应得，我恨不得他去世之后被打入地狱受尽苦难。他似乎是因为错将毒老鼠的老鼠药当成了淀粉，或者是当成了白糖之类的吃完之后死的。那时候还有人听说他故意弄错了的，但是这肯定是乱讲。我们屋里一直都没有人。

艾德蒙　我猜得到，他肯定不是有意的。

泰隆　你一直都不爱往好处想，这就是你哥哥的教训。不管发生了什么，他一直都会想到最不好的那一面。不要说那些了。再谈谈我的妈妈吧，独自一人在不熟悉的国家凄凉地生活，而且还要养活四个孩子，我和一个年龄跟我差不多的姐姐，再加上两个比我小一些的孩子。我的那两个哥哥离开家乡很长一段时间了。他们同样没什么办法帮助我们，自己养活自己都很困难。我们一家真的很穷，并不是像一般故事里面写的穷得很有趣什么的。我们的屋子非常旧，而且还有两回由于没钱付房费让房东把我们赶了出来，屋里只有几个很旧的烂家具都被丢到了街上，我的妈妈和姐妹们都在哭。我也流泪了，然而我却想当英雄使劲忍住眼泪不愿意哭出来，由于我是个男人，是这个家的顶梁柱啊。尽管那时我才十岁，你说说看！我肯定去不了学校了。我便去打工，我到一家机器厂做学徒。那儿每天工作十二个时辰，那个工地就和马槽相同，特别臭也很脏，下雨的时候上面还滴水，夏天就像待在火炉旁那么热，冬天又没什么火炉。我们的手全部冻坏了，厂房里只开了两个特别小又非常脏的窗户。天气不好的那些日子，我就待在那里，弯着腰把眼睛挨着零件才可以看清楚！你还说什么工作！还有你知不知道我的工资多少？五毛钱一个星期！我说的是实话！才五毛钱一个星期啊！悲哀的是我的妈妈整天到一个美国佬家里去帮忙干活，清洗衣服，打扫地板，我的姐姐帮忙补衣服，我的两个妹妹待在屋里看着家。我们一直都没穿暖和、吃饱过。我永远都不会忘记，有一次感恩节，也许是圣诞节吧，妈妈干活的那家人多赏了她一块的小费，她竟然将它们全部买了食物，我一直都没有忘记那天她非常高兴，把我们兄弟姐妹几人抱起来亲了又亲，幸福得都快要哭出来了，她说道："感谢上帝恩赐，我们都活了这么久了，有史以来第一回像现在这样食物能这么丰盛！"（他抬起手擦了下眼泪）我的妈妈真的很善良，非常有勇气。再没有比她更善良、更有勇气的人了。

艾德蒙　（感触颇深）那倒是这样。

泰隆　她一辈子什么都不担心，就是很担心自己老了，得了病，在贫穷的地方生病。（他顿了一下。然后咬紧牙关笑着说）我也是因为那样才变成现在这般小气。在过去有一块钱真的很不容易。你要了解，如果小时候就形成了癖好，成年后怎么可能改掉呢。我一直到现在仍然忍不住贪些小便宜。就算我讲了这家公立牧场的医院是计算好了的生意，你还是要体谅我。两位医生全部跟我讲了那块地方很好。你千万要体谅啊，艾德蒙。我能向你保证我不是非要你去不可，要是你不想去的话。(用力地)你自己选好了，哪里都行！也不要去想究竟需要花多少钱！哪里我同样付得起，去哪里都行。只要不是太乱来。(听到他的爸爸又加上这一句，艾德蒙还是咧开嘴笑了起来，生的气也全消了。他的爸爸仍然连续不断地说着，露出丝毫都不在意的表情)那位医生还说了别的疗养院。他讲这个疗养院的水平可是全国都很有名的。是一些非常富有的公司董事合伙凑钱开的，病人大部分都是公司的员工，就算是这样你也得是当地人才可以去的。这家疗养院集资非常多，他们不会收取什么钱的，只需要七块钱一个星期。你能够获得十倍于此的益处。(又赶紧说了一句)可不能怪我又让你到处跑的，你要了解。我只是将我所知道的全部告诉你。

艾德蒙 （淡淡一笑。像个没事人一样）好啦，我明白你说的话。照这样看来应该是特别划算的事情。我非常乐意到那里去。这样不就行了。(突然又有点悲伤和无助。傻傻地)无论怎么回事，都不要紧。不说这个了！(换个话题)我们这个牌进行的如何？轮到谁了？

泰隆 （自动地）不清楚。应该轮到我了吧。不对，到你了。(艾德蒙抽出一张牌来。他父亲碰了，之后正准备在自己的手里选出一张来，结果却又忘记了)那倒好，应该是我童年时候的事对我影响太大啦，所以现在我仍然非常看重钱，最后连自己舞台生涯的前程都给毁了。(不高兴地)我的孩子，我一直没有对谁说过这件事，然而今天晚上我真的非常伤心，似乎已经没有后路可走了，还继续假装什么，要什么面子呢？后来，我以极低的价格买了个剧本，没想到竟然那样知名、畅销，搞得我不愿意考虑其他的事情，只是一直想着怎么从这个剧本上面赚钱。从那时候开始我每年都只会演这一个破烂的戏剧，直到自己认为不行了，便想一些其他的戏剧，可是已经太迟了。观众们早就看惯了我演的这出精彩的戏剧，又怎么会对我其他的戏剧捧场呢。他们的品位一点都不差哦！我每年还是演一样的戏，不爱学习新的戏剧，不愿意努力，将自己幼年时的天赋全部毁了。你还别说，几个月可以赚到三万五或四万块钱，完全不用费什么力气！哪个都经不住这样的美差诱惑啊。然而，现在看来，当我还没有买下这个破烂的剧本时，观众们都觉得我是美利坚特别有天赋的、极好的年轻演员。那段日子，我真的非常努力。我放弃公司一个非常好的职位竟然去舞台上演一名小角色，原因是我喜欢演戏啊。那段日子我的目光非常远大。我将全部的剧本一起拿出来读。我非常努力地读莎士比亚的作品，将它当成《圣经》来读。我是自学的，爱尔兰的口音竟然都矫正了。我特别喜欢莎士比亚。就像是我读过的莎士比亚那句精彩的诗歌一样，那种开心让人觉得没有白活在这个世界，如果让我去演，我不拿一分钱都愿意的。更何况每当我演的是他的戏就特别有灵感，演得也非常精彩。如果一直坚持，我觉得自己应该能够成为一位了不起的莎士比亚演员。因为我了解自己！1874年，著名的演员爱德温·布什受邀来我们在芝加哥的这家剧院演出，我那时是这家剧院的主角，由我来和他搭配演出。第一天我们演《恺撒大帝》，我演恺撒，他演布鲁塔斯；第二天他演恺撒，我演布鲁塔斯。后来我们又接着演《奥赛罗》，我演奥赛罗，他演雅戈。我第一天演奥赛罗的那一次，布什先生对我的经理说，"那位年轻的男子出演的奥赛罗比我演得好！"（自豪地）不要忘了，那可是布什讲的话，是当代最有名的戏剧演员，他如此夸奖我！更何况不只是鼓励。我那时候才只有27岁！如今想起来，那晚真的就是自己舞台生涯的巅峰啊！完全可以算得上前途一片光明！之后一段时间我同样一直进步，理想非常高。和你的妈妈结了婚，你可以听她说说那时候我是怎样了不起。她非常爱我，这样更让我有了信心。然而没有多久我就遭遇了那个既不幸又幸运的剧本，买到了那个可以赚好多钱的剧本。开始的时候我不觉得那个戏剧可以赚多少钱，就只是觉得这部英雄美女的戏剧是自己最拿手的。谁知一演出票房竟然这么可观。也正是因为如此我才上了瘾。就因为一年可以赚到三四万！不讲了！那时候这样一笔钱可是很大一笔财富。就算是如今看来同样非常可观啊。（悔恨地）我不明白究竟为了什么，竟然要用这么大的代价去交换。嗯，就这样吧。如今再怎么后悔也迟了。（他稀里糊涂地看了下手中的牌）该我出牌了，对不对？

艾德蒙 （颇为感动，用惋惜的眼神看着爸爸。缓缓地）父亲，幸亏你跟我讲了这些。如今我比以前更了解你了。

泰隆 （下巴微张，笑呵呵地）或许跟你讲了这些不好。或许你知道这些后会看低我。但是这个可以告诉你赚钱是一件非常不简单的事情，这也许算得上是一个非常好的例子。（刚说完"赚钱是一件非常不简单的事情"这句话，脑子便不禁想起了一些事，望了一眼头顶的吊灯，脸上露出不太高兴的模样）那些灯太多了，把我眼睛都照瞎了。我熄灭几盏，你不介意吧？我们没必要点这么多盏灯。不仅这样，我们也没必要给电气公司交这么多电费。

艾德蒙 （快要哈哈大笑，拼命忍住。好脾气地）肯定不需要。将它们灭了吧。

泰隆 （动作不太灵活，摇摇晃晃地站了起来，伸出手开始瞎摸，准备关灯。可是又想起了刚才的事情）对，我完全不明白以前到底想买哪些东西。（他关掉一盏灯）我能够保证，艾德蒙，如今你让我一亩地都不买，银行里什么积蓄都不在，我还是很乐意。（一边说一边又关了一盏灯）我倒是乐意老了之后没有地方可以去，就算是被送到穷人堆那里也不要紧，现在想一想我这辈子的成就，如果成了有名的演员，那倒没有浪费了年轻时候的天赋。（他关掉了第三盏灯，只留下台灯还亮着，之后便郁闷地坐在椅子上。艾德蒙突然憋不住笑了起来。笑容里面带着一些自嘲和叹息。泰隆觉得很伤感）这个是不是很可笑，你到底在笑什么？

艾德蒙 不是在笑您，父亲。我只是觉得这人的人生啊。完全就是在放屁，没有任何理由。

泰隆 （吼道）你又开始消极了！人生本来就是这样，只是因为自己做了错误的决定。（他说起莎士比亚的名言来）"亲爱的布鲁特，不要埋怨老天，不要埋怨命运，错就错在本身不努力。"（停了一会儿，之后不开心地）布什夸奖我奥赛罗演得精彩的这句话，我让那个经理一字不落地全部写了下来。我将那张纸放在口袋的钱包里面好长时间。我有时候就会拿出来瞧一瞧，反复看了很多次，之后越瞧就越是觉得不好受便不愿意继续看了。也不清楚那张纸条如今究竟在什么地方？反正是在房间里。我只知道自己细心地将它放好了。

艾德蒙 （心中很悲伤，嘴上还是鼓励着说）也许是放在阁楼的盒子里吧，和母亲的婚纱一起放好了。（然而看到爸爸瞪了他一下，又赶紧说了一句）我的主啊，我们现在是在打牌，那就继续吧。（他吃了爸爸刚才打的那一张牌，自己又出了一张牌。然后这两个人就和机器人似的开始打牌。可是泰隆突然停了下来，竖起耳朵听到阁楼上有什么声音。）

泰隆 她还是在上面乱晃。真不知道她究竟何时才会去休息。

艾德蒙 （慌张地苦求）看在主的分上，父亲，别去管那人了！（他伸出手来，斟满一杯酒。泰隆开始是准备制止的，考虑了一下还是算了。艾德蒙喝了一点儿酒。他将酒杯放好。自己的脸色变了一点点。直到他出声的时候似乎是故意借着酒意装疯卖傻，特意装作悲伤的模样）没错，她就在我们的上面，和我们相距这么远，来来回回，就像是早就消失了的灵魂。可是我们自己，还是坐在这里，一边装作忘了以前所有的事情，一边却竖起耳朵，听听看是不是听到了滴答滴答的响声，只听到有水滴从屋顶那儿缓缓地落下来，就好像是一个坏了的闹钟。也好像是在破烂旅馆里面那些倒霉女孩流的泪水窸窸窣窣落在地板上，还有一堆没有收拾的酒瓶！（他自娱自乐地哈哈笑了起来）我说的比喻还行吧？是我本人想的哦，完全没有借用波特莱尔的。我还是很有文学底蕴的！（喝多了酒反复啰唆）刚刚你跟我讲了自己一生中很自豪的那些事情。我同样有，你听不听？都是和航海有联系的。我没有忘记那一回，我跟着一艘方头形状的帆船去布宜诺斯艾利斯那儿。海风扑面而来，月亮挂在天边。那艘坏掉的烂船竟然在风浪中以十四海里的速度行驶。我睡在桅杆的上方，脸望着船的后方，鞋子都被海水打湿了，那些挂着帆布的桅杆就竖在我的头顶上方，被月亮一照显得特别纯净。看着这样的美景再加上帆船摇摇晃晃就像是一曲美妙的曲子，深深地令我着迷，我竟然忘记了自己身处何方。就像是没有了生命。似乎已经挣脱了枷锁，获得了自由！我自己就像是被海水淹没，变成了一面白帆，又感觉是海水打在了身上，自己已经幻化成动听的曲子，幻化成那月色、帆船与星光闪烁的夜空！我觉得特别了不起，不去想曾经，也不在乎以后，就感觉自己和自然融为了一体，心里非常高兴，跳出了本身狭窄的视线，用大自然的眼光，永世长存！就像是成了主一样。还有一次，身处美国邮轮公司的一艘轮船上面，特别早，我就被派去桅楼那里站岗。那一回海面非常安静，偶尔会有涟漪，感觉这艘船就是在迷迷糊糊地摇晃。轮船上面的游客都还在睡觉，一个船员都没有看到。周围什么声音都没有。在我身后，在我站的位置下面，一条条黑烟从烟囱里面冒了出来。我还在睡觉，根本没关心站岗的事情，就感觉自己很孤单，站得特别高，离世界很远，做着那美丽的梦，觉得美好极了。就是那时候我再次感觉到自己挣脱了枷锁，获得了自由，特别自豪。我觉得特别有安全感，似乎到了目的地一样，不用再去寻找什么，特别幸福美满，觉得已经不再拥有人的丑陋欲望以及那些少有的希冀、担忧和妄想！在我的人生中，有这么几次，我在海水里面游泳，抑或是独自睡在沙滩，都会有这种感受。好像变成了太阳，抑或是热腾腾的沙子和粘在石头上面的海藻，跟着海浪颤动。就像是门徒所说的福音。也许是盖住一切的帷幕，无意的情况下将它打开了，你突然可以看得非常仔细。看到了那个隐私，你自己也是隐私。瞬间世间万物都具备了存在的含义！之后放下手，帷幕又掉落了下去，要你独自在另外一边，又在浓雾中失去了方向。然后便分不清楚方向不知道去哪里，同样不知道为什么来到这个世界！（苦笑）这真是一个错误，自己成为人。如果我生下来是一只海鸥或者是一条鱼那样是不是好一点呢。生而为人，我怎么都不习惯，一个自身不愿意成为人、也不会被别人所需要的人，一个没有依靠的人，难免会喜欢上死去！

泰隆 （瞪了一眼儿子。心里敬佩）那倒是，你还真有一些成为诗人的天赋。（同样不赞同）但是你怎么会没有人需要呢，为何偏偏喜欢上死去的感觉，这只是一些消极、哀伤的话。

艾德蒙 （嘲讽地说道）哪有成为诗人的天赋！我觉得自己只是个乞讨大烟的乞丐罢了。他竟然连烟叶都不具备，只是带着一点烟瘾罢了。方才幻想的我永远都下不了笔，只是断断续续讲一点出来还可以。就算自己不死掉也就这么一点本事。算了，我们也算是本本分分的现实主义者。我们这种没文化的人本来就不会讲话。（停顿，之后两人一起被吓了一跳，听到房间外面传来声音，似乎是谁摔倒了，摔在了门口的台阶那儿。艾德蒙咧开嘴笑得特别开心）呀，听这声音，准是我那位老兄回来了。我觉得他肯定喝醉了还很开心呢。

泰隆 （特别不开心）那就是个不做正事的痞子！他竟然坐到了最后那班车，是我们运气不好！（他颤颤巍巍起身）赶快让他去休息，艾德蒙。我去窗台那儿待一段时间。他喝多了酒就会说些特别恶毒的话语。我在这里的话肯定会吵架的。（他从旁边的门去了窗台那边,这时就只听到詹米走到客厅,门关上的声音特别响。艾德蒙看着他的大哥颤颤巍巍走过客厅,觉得很可笑。詹米过来了。他喝得很多,两条腿都已经站不稳了。他的双眼就像是镜子似的,满脸水肿,连话都讲不清楚,下巴收缩着和他的爸爸相同,嘴边带着恶意的微笑。)

詹米　（站在门边,身体左右摇摆,眼睛忽闪忽闪。高声喊道）如何是好！如何是好！

艾德蒙　（没好语气地）哎,小点声音,可以不！

詹米　（睁了下眼睛认清了）呀,弟弟,原来是你啊。（一脸认真地）我喝醉了像个鬼一样。

艾德蒙　（冷冰冰地）你不跟我说,我倒是还没看到呢。

詹米　（咧开嘴憨笑道）对啊。这就是多事,唉？（他低下头来拍了拍膝盖）犯了个错误。门口的台阶和我有仇,看有雾水就偷袭我。门外一定要修个灯塔才行。为什么家里也这样漆黑啊。（紧皱双眉）这是什么情况啊,黑灯瞎火的？太平间吗？打开灯照照尸体吧！
（他左摇右摆地朝中心的桌子走去,还反复自言自语,念着美国诗人、小说家吉卜林的诗歌）

"踏着水横过卡布尔河,往前走、走、走,
在漆黑的晚上走过卡布尔河！
我们像是河水里面的铁索,往前走、走、走,
踏着水在漆黑的晚上走过这条河。"

（他双手在台灯上摸索了好久,好不容易才把三盏灯全部打开了）这才对嘛。管他是谁呢！那个小气鬼去哪里了？

艾德蒙　在外边的窗台那儿。

詹米　如何能让人在加尔各答那样的黑洞里面生活。(一眼就扫到桌子上那一瓶还未喝过的威士忌)哎呀！我浑身颤抖，酒瘾一下子就上来了，(慌乱地伸出手一把抓住那瓶酒)他妈的，是一瓶真正的酒。老头儿今天夜里是怎么回事？老糊涂了吧，不然怎么会将这样的东西遗忘在外面了。趁热打铁，这可是我们这一辈子的成功要诀。(他满满地倒了一大杯酒。)

艾德蒙　你已经醉得像是一摊泥了，要是再喝一杯你就该倒下了。

詹米　不听我的话迟早是要吃亏的。别在那里装了，兄弟，你在我眼里还嫩着呢。(他小心翼翼地坐了下来，手里高高地举着酒杯。)

艾德蒙　那行，要喝醉也随便你。

詹米　问题在于我是千杯不醉的。我喝下的酒简直可以压沉一艘船了，可是这船就是迟迟沉不下去。那我就再喝一杯试试看。(他喝酒。)

艾德蒙　酒拿过来，我也尝一尝。

詹米　(忽然摆出一副大哥的架势，似乎还很照顾这个小弟。一把捏紧酒瓶)你不行的。只要我还坐在这里，你就不可以喝酒，这可是医生说的，可能别的人不在乎你的健康，但是我还是很在乎的。我的小兄弟，我多么疼你啊，小兄弟，你可是我剩下的唯一依靠了。(紧紧地将酒瓶子揣在怀里面)想要跟我要酒喝，我可不会给你的。(他尽管有些神志不清的醉态，但是也确实带着真挚的感情。)

艾德蒙　(有点不耐烦)算了吧。

詹米　(心里觉得不开心了，板起脸来)难道你不相信我是真的关心你吗，以为我是在发酒疯说胡话？(把酒瓶递到他面前)好吧，你要是不想活了你就喝吧。

艾德蒙 （看见哥哥有些生气。于是讨好地）我当然知道你是因为关心我的身体了，我是需要戒酒的，但是今夜就免了，今天我实在是太倒霉了。（他给自个儿倒了一杯酒）来，干一杯！（仰头喝完。）

詹米 （突然清醒了一些，怜悯地看着弟弟）我知道，弟弟，今天在你身上发生了很多不愉快的事情。（接着语气变得非常刻薄，轻蔑地）我想那个吝啬鬼应该没有叫你不喝酒吧，或许还送你好多酒让你带到公立疗养院去喝呢。你早一天死掉他就省一天的钱。（非常藐视、怨恨）这是个什么混蛋父亲，我的上帝，就连小说里也不出现这样子的人，没人会相信的！

艾德蒙 （替父亲辩护）唉，父亲其实也不太……你需要明白他的想法。有些事情也只能一笑而过了。

詹米 （不依不饶）哦，看来他又向你倒苦水了吧。对不对？他能骗你，可是别想骗我！我才不信他那些鬼话。（语速放慢了）可是，有时仔细想想，有一件事我还是很同情他的。可是那也是他自找的。是他自个儿太不好了。（连忙补上一句）不说这个了。（他猛地抢过酒瓶，又斟了一杯给自个儿，看起来醉态更明显了）刚才倒的真的是满满的一杯，要是全部喝下去估得送我上天堂了。你有没有跟那个老混蛋说，我把哈第大夫逼得亲口承认这里的疗养病院就是做慈善的收容所？

艾德蒙 （不甘愿地）我跟他说了。告诉他我不愿意去。现在一切都已经摆平了。他说随我到哪里去。（笑着加了一句，但是并不埋怨）当然，如果钱要得合理的话。

詹米 （醉醺醺地模仿他爸爸的声音）自然是可以，老二。只要是合理的，(讥诮）用另一句话说：你还是要被送到一个糟糕的收容所去。

果然是老吝啬鬼盖世伯，就算不加化装就完全可以惟妙惟肖地演出来。

艾德蒙 （有点不耐烦了）你别说了行不行。什么老混蛋、盖世伯的，我都已经听腻了。

詹米 （无奈地耸肩。舌头打结地）好吧好吧，只要你觉得无所谓，管他怎么安排。我也不想管你是死是活了。我是说，我并不愿意你死。

艾德蒙 （变了话题）你今天夜里在城里做什么？是去找梅咪吗？

詹米 （醉得狠，不停地点头）对了，我为什么不去？除了她我还能找到哪个女人来安慰我呢？至少还有人爱着你，不要忘记爱。如果没有一个好女人来爱你，一辈子就浪费了，不如不生下来。

艾德蒙 （也有些醉态了，呵呵地笑着，索性由自个儿酩酊大醉）你真是个神经病。

詹米 （酩酊大醉，开始背诵王尔德在《娼妓公馆》中所写的诗句。）

我背过脸对我的爱人说，
"死去的人和死去的人在一起舞蹈，
尘土和尘土一起飞旋。"
但是她——她听见了提琴美妙响动的地方，
就抛下我，走到那里去：
我的爱人进入了那肉欲的家。

接着音符破碎，
舞者们停下舞蹈……

（他不能再背下去了，口齿不灵活了。）

这诗里面写的都是错的。我的爱人要是陪着我，我可能不会注意到。她也许是一个幽灵吧。（稍停）你猜一猜我在梅咪家逍遥，陪我的是哪一个佳人。小弟，恐怕你都会觉得好笑。我选择了肥紫罗兰。

艾德蒙　（哈哈大笑）真的吗？我可不相信。怎么会选她呢？长得跟一头大象似的，你干吗去选她啊，搞笑吧。

詹米　不是搞笑，是很严肃的。我到了梅咪的门前，我心情非常不好。为自个儿沮丧，也为世界上每一个像我一样悲哀的人伤神。只想要一个女人来抱着我，让我痛快地哭一场。你应该明白那种感觉的，每当你喝醉了，酒神在你心里唱着悲伤的歌。我才刚刚进门，梅咪反倒来向我吐苦水了，埋怨这几天店里生意多么的差劲，还说她要打发肥紫罗兰赶紧走。她的客人们没有一个能看得上肥紫罗兰的，她也是因为肥紫罗兰会弹琴才勉强留着她。可是最近肥紫罗兰爱喝酒，总是喝醉也不能弹琴了，每天吃白食。尽管说肥紫罗兰人十分地老实，而且心肠很好，她也同情她，不知道把她赶走的话，她该怎么活下去。如果把她赶出去的话真不晓得她怎么活下去了。尽管是这么想的，可是她毕竟是做生意的人，总不能白白地喂养这个人吧。你看吧，一听到这些话我都为肥紫罗兰感到不开心，所以我就花了你给的钱，用去两块大洋跟着她一起上楼去了。我并不是有什么不好的想法。你也知道，尽管我喜欢肥胖一点的，可是我也不至于就喜欢那么肥的。我就是想着能和她谈谈心互相说说我们的身世罢了。

艾德蒙　（已经喝醉了，在那里哈哈大笑着）我可怜巴巴的肥紫罗兰啊！

你肯定跟她背诵了吉卜林、斯温伯恩和道森的诗句了,还说了什么"我一直都是忠于你的,辛娜拉,相信我有我自个儿的作为。"

詹米 （笑嘻嘻地）就是嘛。幸好有酒神也在,有音乐给我伴奏。她听我啰里啰唆了一箩筐的话倒也还好。可是后面她却生气了,冲着我发火,觉得我带她到楼上的目的就是笑话她的。她把我好好地骂了一顿呢,大声叫喊,说我只会背诗是个酒鬼,她都比我强,接着就哭了。我就只能说我就是喜欢她肥肥的样子,她倒是相信我说的话,然后我就不得不陪她睡了一觉,好证明我说的都是真的,然后她才又高兴起来了。我准备走的时候她还想跟我亲嘴呢,她说她爱我爱了很长时间了。我们就在走廊那个地方抱了很久流了不少的眼泪,搞得梅咪以为我发神经了。

艾德蒙 （讥讽地朗诵着）"逃犯和那卖笑的人都有各自的欢乐,平凡的人永远没有办法理解。"

詹米 （醉醺醺地一直点头）就是这样的,玩起来很有滋味。早知道这样你就该跟我一起去那里的。我说,梅咪让我问你好呢。她听说你身体不好还很难过呢。（他稍微停顿了一下。接着装出戏文里的那种风流潇洒来）小弟,今天晚上的事让我突然有点感悟,知道了自个儿光明伟大的未来！我打算放弃我的伟大的艺术,都丢给海豹们吧,那才是海豹们的事情。我自个儿还是尽可能地发挥我的聪明才干,我一定能够有大成就的！我能够变成马戏班胖女人的爱人啊！（艾德蒙听到这些只是哈哈大笑。可是突然詹米的心情又变为骄傲,把一切都不放在眼里）呸！你想啊,我竟然堕落成这样了,居然跟这里倒霉落魄的小婆娘勾搭上了！大爷我以前在纽约的百老汇是怎样地威风啊,不管是多么漂亮的女人都来追求我！(朗诵吉卜林的《流浪大王六行诗》的诗句。)

"不管怎么说，都是过来人啊，
走遍条条大道啊。"

(沉浸在自己的忧郁之中)
不对啊，条条大路都是骗人的东西，坎坷小路才是真的。一走上去就不知道终点会是哪里了，我目前已经在那里了。天下再大，没有收容的地方。天下很多人都是那样的下场，尽管有些人怎么都不肯承认。

艾德蒙 (嘲讽)别说屁话！等一下我看你又要大哭了。

詹米 (吃惊的样子，狠狠地瞪了一下弟弟，含糊不清地)闭嘴，你……你……横什么！(猛地换了语气)你说的也有道理。现在后悔晚了！我觉得肥紫罗兰还可以，我好好陪她睡了一晚上。耶稣基督自我牺牲的精神啊！我让她不那样伤心了，自个儿也玩得高兴。你应该跟我一起去的，小伙子，我们去放松一下也能忘掉自个儿的那些烦恼。像这样眼巴巴地回来还只能是烦恼，又有什么用呢？哎，哎，一切都完蛋了，什么希望都没有了！(他突然不说话了，重重地低下头去，闭上两只眼睛。忽然间却把头抬起来，脸色铁青，嘲讽地背诵吉卜林的诗。)

"如果有人把我拉去吊死在高山上，
我的母亲啊，我的母亲哟！
我知道只有我伟大的母亲还会追随我……"

艾德蒙　（粗怒地）闭嘴！

詹米　（把心一横，用仇恨和鄙视的声音）喂，那个毒鬼到哪里去了？睡觉了？(艾德蒙把头抬起来，似乎被人打了一耳光。两人有些紧张，不说话，艾德蒙的脸色有点惨白。然后他气得跳起来，猛地从凳子上跳了过来。)

艾德蒙　你这个畜生啊！（他挥舞着拳头向着他哥哥招呼过去，还好只是打在两边滑了过去。詹米条件反射般地做出了反应，就在要从凳子里爬起身打架的时候，猛然间酒好像醒了，想起来之前说的话，自个儿也惊慌得很，又颓废倒回凳子上。）

詹米　（很伤心地）你打得好啊，小弟。我想我真的是该打啊，我真的是发神经了，我喝酒喝糊涂了。小弟，我，我不是那样的，你知道的。

艾德蒙　（怒气没有那么大了）我当然知道你不是那样的，如果不是——但是我的天啊，詹米，即使你喝再多酒也不能那样说啊！（他停下来。伤心地）对不起啊，我为我的动手道歉。我们两人从来没有这样吵架啊。（他也颓废地坐回到凳子上。）

詹米　（声音有点沙哑）没事的，弟弟。你打得很好。我这个喜欢乱说话的舌头，简直不该留下。（头深深低下去，把脸全部藏在两只手里。呆滞地）我想可能是由于我真的太过失望了吧。这回妈妈可算是吓到我了。我真觉得她这回全部戒掉了。妈妈总是说我把事情都往坏里想，但是这次我真的是努力地把事情往好里想。（他的话语十分地缥缈）我可能由于上了当受了骗，心中还不能完全地宽恕她。以前我有多么大的希望啊。看到她的表现我甚至大胆地想着，要是她能不再碰那个的话，或许我也……（说着他痛哭流涕，最难以接受的是，他看上去并不像是因为撒酒疯而哭，而是十分清醒的，放开了手脚的哭。）

艾德蒙 （自个儿也努力地忍住眼眶里的眼泪）天啊，其实我的心里也是一样的难受啊！你不要这样子，詹米！

詹米 （哭哭啼啼地没法停下来）我陪在妈妈身边的时间比你长多了。我永远都不能忘记我第一次发现这件事情的时候。我亲眼看见她把吗啡针扎到自己的胳膊上。天啊，就算以前我做梦的时候也想不到，这个世界上居然还有妓女之外的人也吸毒啊！（停了一下）而现在，你也生病了，还是这样的病。我真是没有办法了，我们两个不仅仅是手足，你还是我这辈子最重要的知已好友啊。我是那样地爱你，为了你，我什么都可以放弃。

艾德蒙 （伸出一只手拍拍他）我晓得的，詹米。

詹米 （哭过之后，两只手直接放下来。带有特别愤怒的情感）但是我看你肯定听到了妈妈还有老混蛋在背后说我的坏话，说总是把事情往不好的方面去想，你肯定会认为我现在心里在想：爸爸已经老了，他看起来没几年时间活了，如果你死了的话，爸爸全部的东西都归我了，你肯定在这么想。

艾德蒙 （愤怒）给我闭嘴，你这混球！你怎么可以，你怎么能有这样的念头呢？（他这个时候忽然盯着哥哥看，用指控的语气问）我现在就想知道，你的心里究竟怎么会有这样的想法？

詹米 （一时之间又有点糊涂了。又变得醉醺醺的样子）不要再犯傻了啊！我跟你说过，别人总说我想法太坏。搞得我必须……（忽然发起酒疯来）你做什么啊你，难不成你真要说我是犯罪不成？你别指望糊弄我！凭我现在的经验，你永远都不要想比我好！

尽管你读了几本破书，但是你也不能玩弄我！你算是什么，一个还没有成年还要爸爸妈妈宠爱的小孩子罢了！这几年你在我们面前拽什么。你有什么值得炫耀的呢？不就是发表了几首小诗么！他妈的，我以前上学时在文学报纸上写的小玩意儿都比你的好！你还是快醒醒好了！你有什么了不起的呢！一帮目光短浅的小丑把你捧得不知道天高地厚……（突然间他的语气又变得有点哀怨。那边艾德蒙早就把脸别过去，再也不去理会哥哥那些打击他的话了）哎哟，我的小弟，还是算了好了。你把我说的全都当放屁算了。你也知道我不是故意说这些话的。你有了成就，我这个当哥哥的只有高兴的份。（有点悻悻地）怎么了？我就是这样的自私自利。你做好了，我脸上自然是有光彩的。你有成就，我可是也有功劳。我把我小弟给教好了，教你去玩女人的时候不会上当，也不去做瘟神！再说了，你会作诗，这又是谁教你的呢？打比方说，斯温伯恩那些诗是谁教给你的？那是我啊！我曾经想写作，所以我也对你有影响，希望有那么一天我也能变成作家！我是你的哥哥，我一手创造了你！你就是我的法兰肯斯坦①！（他突然酒兴大发起来，越说情绪越是激动。艾德蒙现在觉得很好玩，于是笑了出来。）

艾德蒙 好了，好了，我就是法兰肯斯坦，是你创造出来的法兰肯斯坦，让我们干杯吧。（他边笑边说）你还真是神经病！

詹米 （舌头已经不太灵活地）我自己喝一大杯。你却不能喝了。我得好好地看着你。（他把手伸过来，傻傻地笑着，满脸都是心疼弟弟的

---

①法兰肯斯坦，19世纪英国的一位小说家，他的作品中描写了一位科学家为了塑造出人形的恶魔，反被那个恶魔戕害了。

表情，紧紧地抓着弟弟的一只手）你不要害怕，就是个疗养院罢了。我觉得你有这个本事，轻而易举的。连半年的时间都不用，你就可以完全康复的。也许你甚至就没有生什么痨病，我知道医生很多都是骗子。很早之前就有医生跟我说，你戒酒吧，不然你会翘辫子的，你看我仍旧活得好好的。他们都是骗人的，为了从你身上捞到钱，什么都敢做。要我说，这个公立疗养院全部的人肯定都是贪污犯。只要医生送人去，他们就会得到钱。

艾德蒙 （感觉哭笑不得地）我看你这个人真是够可以的了。我在想是不是世界末日了，你还能跟我说你只要花钱就一切都可以办到。

詹米 怎么就不是了呢。无论是上帝还是魔鬼，只要你给他塞一点儿钱，那样的话你就能够得救了。但是你要是一点钱都没有的话，那你只好下地狱了！（当他说出这句亵渎伟大上帝的话时自个儿龇牙笑起来，艾德蒙于是也只好一起笑。詹米又说）"所以，把钱放到你自己的钱袋里"，只有这句话才是真的。（讥讽地）这也是我的成功秘诀，你看我现在是多么的春风得意！（他松手将艾德蒙胳膊放开，给自己倒了一杯酒，一下子全都喝完。他醉眼惺忪地，亲切地看着弟弟。然后又把弟弟的手给抓住了，接着继续含混不清地说话，但是非常奇怪，听起来居然十分诚恳）听我说啊，小弟啊，你马上就离开了。可能我也没有其他的机会可以来好好地跟你说什么话，也可能是我若没有醉倒就没办法开口跟你说那些很真心的话了。这样的话，我宁愿现在就跟你说吧。我很早之前就该跟你说的。为你自个儿好啊。（他暂时不说话了，内心开始矛盾。艾德蒙眼睁睁地看着他，有些许吃惊并且感到不太自在。詹米突然说）我不是在说醉话，是真心话，你好好地听着。一开始我就要好好地警告你的。你要对我有点戒备之心的，爸爸妈妈说得很对。我给你做了反面的教材，我甚至还故意地伤害过你。

艾德蒙 （别扭地）不要说了，我不想听。

詹米 小声点，弟弟！你听我说！我刻意整你，想让你不成气候。至少我的一面是这样实施的，很大一面。这一面的我已经消失了。它一直生活在仇恨中，并且叫你要小心谨慎，你不可以再走我的老路。说这些话连我自己都分不清真假，但是那不是真实的。我那样做似乎可以为我自己做错事寻找借口，似乎烂醉如泥也很浪漫，似乎玩弄的妓女不是蠢货，不是一身性病的无耻女人，却是如同小说中标致艳丽的美人。看不上正正当当的工作，以为只有蠢材才会那样做。一直不想你有出头之日，生怕你会更出色而显得我无能。总之，我想你遭受挫折，总是妒恨你。妈妈把你当宝贝，爸爸也很宠你，（他注视着艾德蒙，越是这样注视着就越恨得深切）并且妈妈为了生你才染上了毒瘾。我心里清楚错不在你，但是无论如何，我不晓得怎么办，我简直恨透你了。

艾德蒙 （差不多吓傻了）詹米！不要这样说！你是不是神经错乱了！

詹米 弟弟，你不要误解我的意思。即使我十分恨你，但我也更加爱你。刚刚我把我的想法说给你就表明了我是爱你的。你看看，我没有什么其他的亲人，只能跟你说说话，但是无论你晓得我的真实想法之后会不会对我产生敌意，我仍旧想向你坦白。但是最后的话并不是我打算说的。没有料到一说就说了这么多。我也不清楚怎么把心里所有的想法都说出来了。总之，我想对你说：我想你积极向上，力争出众，在世上有一番轰轰烈烈的事业。但是，你更要警惕我，因为我要想方设法地让你感受到挫败，这也是我无法控制的。我对自己充满恨意，所以渴望在身边人那里寻求报复，尤其是面对的人是你。王尔德①在《狱中记事诗》里写错了一句，那句诗应该是："一个人的心死了，他就不得不杀死他心爱的东西。"我死去的那一面恨不得你一病不起。更有甚者希望妈妈再次吸毒！你晓得，这样的人想把其他人都拖入深渊，不想单独承受跌入深渊之苦！

艾德蒙 天哪，詹米！你真的神经错乱了！

詹米 你自个琢磨琢磨就晓得我并没有说错什么。等你去医院调养身体，我不在你身边的时候仔细想想。无论如何，记住你要小心防范我。忘记你有这么一个兄弟，就当我死了。你跟别人说"我原本有个兄弟，但是他早已去世了"。接着等你病好了出院，千万提防着我，不要被我骗了！我会欢迎你回家的，很兴奋地跟你拥抱，把你叫作"仅有的知心人"，在你没有戒备我的时候从背后给你一刀！

艾德蒙 不要说了！要是继续听你说这些，我就枉为人。

詹米 （当作没有听见）只是要记住是我跟你说的这些话，是我给你的提醒。因为我不想失去你。总得分我点功劳，人的爱再高贵不过这些了，居然要提醒自己的弟弟不要上了哥哥的当。（他现在喝得烂醉，脑袋前后左右摇摆不定）我把想说的话都说了，心里也坦然了，就如对着神父悔过。你原谅我了，弟弟，是吗？你是晓得我的。你很乖，不乖也应该乖。说到底还是我把你弄成这样的。那你就认真调理身体吧，万万不可以死掉。我在世

---

① 王尔德是爱尔兰的戏剧家，也是一位诗人，他因为行为不检点被人控告，在牢房里蹲了两年，刑满释放之后写下《狱中记事诗》。

上只有你一个亲人了,弟弟,愿上帝庇佑你。(将双眼闭起,嘴巴轻张轻合地)接着喝了一杯酒。不再动弹。

(他倒下身体躺着,醉眼迷离,并没有真正熟睡。艾德蒙满心痛苦,双手捂脸。泰隆轻手轻脚从阳台那边走来,雾水打湿了他的袍子,衣领向上翻卷着,把喉咙挡住。神情严厉、轻蔑,并且夹杂着怜悯。艾德蒙没注意到他进门。)

泰隆 (小声地)感谢上帝,他进入了梦乡。(艾德蒙惊了一下,便抬起头)我还以为他的话说不完。(将衣领向下翻卷)我们还是让他醉卧在这里到酒醒吧。(艾德蒙仍旧没有说话。泰隆看了看他之后继续)他说的话我听见了最后几句。我要你小心的就是那些。既然他已经自己招供了,我想你真的需要谨慎戒备了。(艾德蒙那表情似乎没有听见他的话。泰隆心下怜惜,补充说道)但是,老二,不要太在意他的话,他喝了酒就会添油加醋地表达自己的失望与愤怒。这种洋相我忍受好长一段时间了!我的第一个孩子啊,儿时那么聪颖过人,我还想让他薪火相传,继承上一代留下的事业!

艾德蒙 (非常痛苦)你住口,可以吗,爸爸?

泰隆 (向杯子里倒了酒)浪费了!就留下了个躯体,这一生都没戏了!(自斟自饮。詹米慢慢动起来,似乎察觉到爸爸就在眼前,醉眼迷离地挣扎起身。最后总算是把双眼睁开了,对泰隆眨巴着双眼。他爸爸出于戒备自觉地往后退步,一脸僵硬。)

詹米 (突然腾出手指向爸爸,滑稽地开始朗诵莎士比亚的《理查三世》)"克莱伦斯已经来到这里,欺骗上级制造混乱的小人,他曾经于图斯伯雷大战时对我暗下毒手。各路鬼灵神仙,上去把他拿下,拖出去五马分尸。"（接着以埋怨的口吻）你在瞧什么鬼东西？（又开始朗诵罗赛蒂的作品）"把我的脸看清楚。我的名字叫'恨不能''奈若何''空叹息''生死别离'。"

泰隆 你是谁我心里清楚，鬼晓得你这模样我是多么不想看见。

艾德蒙 爸爸！你不要继续说了！

詹米 （冷冷嘲笑讽刺地）爸爸，我想到一个好办法。这一季可以再次排演《钟声》那场戏。你很适合演里面的一个角色，不必化妆可以直接出演，吝啬鬼、老混蛋、盖世伯！（泰隆转过头去，忍住怒火。）

艾德蒙 詹米，你不要说了！

詹米 （戏谑地）我可以大胆地说连赫赫有名的布什也比不上杂技团的海豹表演。这海豹不止聪慧并且老实，不会天花乱坠地说那些舞台上的艺术。它们诚恳地表演只是为了混饭吃。

泰隆 （受到打击，雷霆大怒）你这个不学无术的下流坏子！

艾德蒙 爸爸！你又想大声吵闹把妈妈惹下楼吗？詹米，你继续睡吧！不要再胡乱说话了。（泰隆回眸。）

詹米 （口齿含糊地）弟弟。我不是想吵架的，很想睡了。（他慢慢地闭上双眼，垂下脑袋。泰隆走到桌子前坐下，挪动椅子背向詹米。他马上打起瞌睡来。）

泰隆 （声音沉重）天哪，他怎么不睡觉。（睡眼蒙眬）我好累啊。我不可以顺从自己的弱项。他友好地对待你，这是他仅有的好处。（他垂下脑袋仔细看着詹米，眼里流露出悲伤）不能像以前熬夜了。人老了，老了，没用了。（一个哈欠接着一个哈欠地）双目似睁非睁。我想小憩一会儿。艾德蒙，你怎么不也小憩一会儿啊？可以消耗些时间，让她可以……（他还没有把话说完就没声了。双目闭着，垂着下巴，嘴里呼呼冒气。艾德蒙忐忑地坐着。他突然听见有声音，急急忙忙在椅子上一动，双目盯着客厅那里的道路。他从椅子上跳起，左顾右盼地，似乎因没有找到藏身之地而很急迫。起初，他似乎想躲进屋里，之后又返回到座位上等着，双目躲开不瞧，双手牢牢握住椅子的把手。突然，有个人扭动了墙上的开关，房间里所有的吊灯都亮了。不一会儿那间房内响起琴声。这琴声简单，是肖邦的某只华尔兹曲，琴弹得很是生疏，断断续续地，手指僵硬，在键盘上摸索，就如中学堂里练琴的女学生，初次弹琴就是这样。琴声把泰隆吵醒了，他大睁着双眼，恐惧万分。詹米向后扭了下头，双目也睁开来。所有人都如同冻僵了，屏气凝神地凝听一会儿。琴声又突然停止，之后玛丽出现在门框。她身着睡袍和睡衣，没有穿袜子，拖着两只玲珑的高跟拖鞋，拖鞋上系着大大的蝴蝶结。她的双眸看起来非常大，闪着黑宝石般的光亮。最令人惊奇的是此刻她的脸颊已经回到了昔日的青春靓丽，皱纹消失了，整张脸光滑细嫩的像是天真女孩所戴的面具，嘴角噙笑，羞涩万千，梳着两条辫子垂在两侧。一件陈旧的白色绸缎挂在她的一只手上，镶嵌花边的婚服，垂到地面，她似乎不记得自己的手里耷拉着一件衣服。她立在门框处迟疑一刻，双目微蹙。她在房间里到处观望，接着蹙眉。我在找什么东西啊？我记不起来。所有人大睁着眼看她。她看着他们似乎是看着房间里的摆设，桌椅板凳门窗以及其他司空见惯的东西，因为她全心全意地想着自己的事，没有留意。）

詹米 （打破尴尬的局面。悲痛地，但又带着攻击性地讥讽）《哈姆雷特》戏中发狂的一幕，奥菲丽亚上场！（他爸爸和弟弟不谋而合，凶巴巴地回头看着他。艾德蒙身手敏捷，一巴掌掴在詹米脸上。）

泰隆 （气得声音颤抖）乖孩子，艾德蒙。这个混蛋！和自己的妈妈这样说话！

詹米 （晓得自己错了，嘴里轻声嘟囔，内心没有怨意）好的，弟弟。打我是应该的，我刚刚不是跟你说过我现在多么想……（他双手捂面，开始呜咽。）

泰隆 我发誓今晚过后把你踢出家门，你等着看我会不会真的那样做！（但是詹米的哭声减轻了他的怒火，反而转身拍拍詹米的双肩央求）詹米，看在上帝的面上，不要哭了！（此时玛丽发话了，所有人又瞠目结舌地看着她。刚刚发生的那一幕她一点没有在意。那只是这间房子里司空见惯的事情之一，没有影响到她现在的聚精会神，即使她张嘴说话也只是自言自语，不是和他们对话。）

玛丽 现在我都不会弹琴了。太久没练琴生疏了。德勒撒修女会把我好好地指责一番。她会跟我说，我如何面对我的爸爸，他为了让我学琴花费了昂贵的代价。她说得很对，我的爸爸对我很好、很宽厚，我要是不认真学琴怎么面对他，以后一定得天天弹琴。但是我的手不晓得怎么了。（在房间里到处瞧，微微蹙眉，似乎是来房间里拿什么东西，可是之后不记得要拿什么了）都来了，多么难堪啊。我一定要去医务室找马莎修女瞧一瞧。（甜蜜蜜、亲切地莞尔一笑）她年纪不轻了，脾气有些怪异，但是我仍旧欣赏她。她在药橱里摆放了很多种类的药，无论什么奇难杂症都能治。她会用一种药敷在我手上，并告诉我对着圣母祷告，之后我的手便会立刻恢复。（她忘记了自己的手，走进房间，婚服顺着手臂在地上一路拖着。她稀里糊涂地到处看看，之后又皱着眉头）让我想想，我来这里是想寻找什么呢？坏了，我现在怎么忘得那么快，我做了一天的梦，全忘记了。

泰隆　（低沉的声音）挂在她手臂上的是什么，艾德蒙？

艾德蒙　（痴痴地）可能是她的婚服。

泰隆　天哪！（他起身，来到她前面挡住。声音沉痛）玛丽！你还没闹够吗，还要？（克制着自己。尽量说些好听的）喏，我帮你拿吧，否则你会把它踩坏的，而且地上脏，会把礼服弄脏的。要是那样你不又要心痛了吗？（她允许他接过婚服，好像是在从内心深处看着他，像个陌生人，没有任何感觉。）

玛丽　（口气似乎是一位中规中矩的大家闺秀获得长辈的帮忙，很有礼貌地）多谢您，您真客气了。（她凝视着婚服，兴趣盎然却难以名状的模样）这是一件婚服，您瞧，多漂亮！（她的脸庞上飘过一阵阴影，她有些手足无措）我现在想起来了。我在阁楼的箱子里找到了这件礼服。但是我不记得我把它找出来要干什么。我想去当修女，怎么回事，我的手指头怎么那么僵硬。（她看着泰隆，向后退了几步，只当他是挡道的障碍物。）

泰隆　（别无他法地）玛丽啊！

（但是不管怎样，毫无办法令她恢复神智。她似乎没有听见他的喊声。他没有办法只能缩回手，原先因喝酒产生的醉意此刻已经消失，感觉头脑逐渐清醒和感到难过。他回到座位上，小心谨慎地抚摸着手里的婚服。）

詹米　（捂着脸颊的双手放下，双目凝视着桌面。他也突然酒醒了。痴痴地）爸爸，没用的。（他吟诵斯温伯恩的诗《告别》，背得流畅，言简意赅，但是每字每句都透露着无限悲凉。）

165

"我们起身离开吧;她不可能知道。

如风般卷进大海,

面临飞沙海浪,有什么办法?

无路可走,所有事情都这样,

全世界就像一滴伤心的泪水。

怎么会这样,即使你想问,

她也不可能知道。"

玛丽 (左顾右盼)我多么想找到它。总不至于全都不见了吧。(她慢慢挪动步子,绕过詹米的座位。)

詹米 (转过脸来对着她,因按捺不住而央求)妈妈!(她似乎没有听到。他无计可施地转过脸)该死!有什么办法?不如随她去。(他又吟诵起《告别》,加剧了怨声)

"我们走吧,伴随着我的诗歌;她不可能听到。

我们一起离开,不用害怕,

现在安宁吧,欢聚时光已逝,

所有可爱的事情都跌入沉寂。

她对我们并无爱,即使我们爱着她。

即使我们像天使一样为她吟唱,

她也不可能听到。"

玛丽 (环顾四周)我非常渴望它,我记得我拥有它的时候并不觉得孤单,一直没有害怕过。难道要永远失去了,倘若我真的那么认为,也没有生存的必要了。因为失去了那样东西就一点希望都没有了。（她似乎幻觉）倘若我把握十足，我自然不在意考验自己：书念完了先回家，和……

艾德蒙 （一时激动地转过身体，拽住她的手臂。他像个小孩一样满怀委屈地向她央求，不知道该怎么办的声音）妈妈！我不是得了热伤风！我是得了痨病！

玛丽 （在这一刹那艾德蒙说的话似乎穿透她头脑里的迷雾。她浑身颤抖，花容失色。她神经质地大喊，似乎给自己发号施令）不！（霎时，她又像风一样地离开。她悄悄地自说自话，似乎与旁人没有任何关系）你最好别碰我，你最好别拽着我。那样不好，因为我想当修女。（艾德蒙松开手。她踱步到窗边的沙发，坐下，双手交叠规矩地放着，恰似一个很守规矩和本分的女学生。）

詹米 （怪异地向艾德蒙瞟一眼，一边怜悯他，一边幸灾乐祸地说）你这头蠢猪。跟你说过没用的。（他再次开始吟诵斯温伯恩的诗）

"咱离开这儿吧，离开吧；她不会看见。
所有人齐声重复一遍；我猜测她，
她会想起以前的音容笑貌，
也会和我们打个照面或是叹声气；但我们，
咱们离去，走开，就同从来没有来这里过。
唉，尽管大家看见都会同情我，
而她却看不见。"

（玛丽在梦里游荡，绕到詹米的椅子后面，再从艾德蒙后面绕过来，移到前面。）

泰隆 （硬撑着精神，脱离酒精的麻醉）唉，我们所有人都是蠢蛋，这么专心。是那个该死的毒药发挥效力了。但是我从未见她吸毒吸到这样的境地。（厉声）递给我那瓶酒，詹米。别再吟诵他娘的病态诗词了。我不允许在我家里吟诵这样的诗！

（詹米推过酒瓶。泰隆用一只手拿着结婚礼服，另一只手倒着酒，倒过酒之后将酒瓶推给詹米。詹米倒了一杯酒给自己，之后将瓶子传给艾德蒙，艾德蒙也给自己倒了一杯。泰隆将酒杯举起，儿子们也毫无感想麻木地将酒杯举起，可正等他们要喝的时候玛丽又张嘴说话，所有人缓缓放下杯子，忘记了杯中酒还未饮。）

玛丽 （像做梦一样痴痴呆呆地注视着前方。她此刻的脸庞异常年轻，绽放着天真的烂漫。她大声地自言自语，像个年少的女子满脸羞涩，流露出童真梦幻般的笑颜）我和伊丽莎白修母交流过了。她心地真善良，是我心中的圣人。我非常欣赏她，可能我不可以那样表达，但是我欣赏她胜于欣赏我的妈妈。因为她可以看穿你的想法，你还没有开口她就知道你要说什么。她那双蓝色的大眼可以直入你的心房，让你无法骗到她，即使你想使坏，对她撒谎也骗不了她。（她脾气古怪，高昂着头。女孩子用赌气的口吻）但是虽然这样说，这下她并不太清楚。我跟她说我想当修女。我向她表明自己决心这样做，也曾向圣母祈求给我勇气下定决心，觉得我有资格做修女。我跟圣母说，我要去湖中心小岛露德圣母神像那里去祈求神灵的庇佑。我双膝着地在那里发誓说，我晓得那个时候圣母对着我微笑而且答应给我祝福。但是伊丽莎白修母跟我说那样做还不行，她表示我必须证明那个不是我的头脑里的幻影。她说我应该跟其他的女孩过着相同的日子，总是外出游玩、舞蹈等；之后，过了两年，倘若我还想当修女，我便能够去她那里见她，和她说说这件事。(她往后仰头。生气地)我没有料到修母会给出如此建议,听她说完之后,我吃惊不小。我跟她说,我一定按她说的办,但是我明确晓得那是白白浪费光阴。我离开后感觉内心一团糟,所以我再去神像那里祈祷圣母,之后才可以得到平安,因为我晓得圣母听见我的祈祷会一直对我关怀备至的,不会让我受到一丝一毫的伤害,只要我的信念坚定不移。(说到这里她停了下来,越发不安的神色在脸上蔓延。她拿手轻抚额头,似乎想把头脑里纷乱的思绪整理清晰。十分恍惚地)那件事是在我念中学的时候最后一个冬季发生的。春天来了之后,另一件事就发生了。对啦,我想起来了。我和詹姆士·泰隆有了恋情,那段时光很是快乐。

(她注视着前方,如在梦幻中一般。泰隆惶惶不安地坐在椅上,艾德蒙和詹米则一动不动。)

〔幕落〕

——剧终

1940年9月20日于道庵

附录一　尤金·奥尼尔年表

1888年　10月16日，尤金·奥尼尔出生于纽约市朗埃克广场，他的父亲是爱尔兰移民、演员詹姆斯·奥尼尔，母亲是玛丽·埃伦·昆兰。少年时期的他随父亲到各地演出，走遍了全国的大城市。

1906年　考入普林斯顿大学。

1907年　因打架滋事，被学校开除。

1909年　到中美洲的洪都拉斯淘金。

1910年　到布宜诺斯艾利斯商船上当水手，一年的海上生活为他以后的创作提供了大量素材。

1911年　因病回国，在父亲的剧团里当临时演员。不过父亲对他的演出并不满意，他也不满意剧团的传统剧目。

1912年　在康涅狄各州的一个小城市新伦敦的《新伦敦电讯报》当记者。

1912/1913 年	因患结核病住院,在疗养期间阅读了希腊悲剧和莎士比亚、易卜生、斯特林堡等众多名家的剧作,并于1913年开始写作戏剧。
1914/1915 年	进入哈佛大学"第47号戏剧研习班",在乔治·贝克博士的指导下,写作水平大有提高。
1915 年	组成业余剧团"普罗温斯城剧团",并写完《饥渴与其他》和《东航卡迪夫》的剧本,有的批评家认为后者的上演可以看作是美国戏剧诞生的标志。
1916 年	在麻省进入普洛温斯城剧团当编剧,并完戏剧《早餐前》《葛伦凯因号》和《鲸油》。他的《东航卡迪夫》在普罗温斯城剧团上演。
1917 年	戏剧《鲸油》公演,它是一部描写航海生活的独幕剧,以自然主义手法,如实地描写海上生活的艰辛单调,也是他早期风格的代表作。
1918 年	《加勒比群岛之月》与其他六出海洋剧上演,并完成《天边外》。
1920 年	《琼斯皇帝》《不一样》上演,《天边外》也在百老汇上演,并因此而首次获得普利策奖,奠定了他在美国戏剧界的地位。完成《安娜·克里斯蒂》。
1921 年	《安娜·克里斯蒂》上演,凭此剧于1922年再次获得普利策奖。
1922 年	完成戏剧《第一人》和《毛猿》。
1924 年	完成戏剧《镕接》。《榆树下的欲望》上演,并于1958年被改编为电影,由索菲亚·罗兰主演。

1925年　开始创作《大神勃朗》，戏剧《泉》上演。
1926年　完成戏剧《大神勃朗》。
1927年　完成《奇妙的插曲》。
1928年　《好利的马哥》《拉撒路笑了》和《奇妙的插曲》上演，因为《奇妙的插曲》而第三次获得普利策奖。
1931年　《悲悼》上演。该剧是希腊悲剧的推陈出新，是向埃斯库罗斯与莎士比亚看齐而努力迈进的一大步，被认为是奥尼尔最重要的作品，也是作者获得诺贝尔文学奖的重要依据。
1933年　他唯一一部知名喜剧《啊！荒原！》上演。
1934年　创作完成《无穷的岁月》。
1936年　荣获诺贝尔文学奖。
1939年　写完著名戏剧《送冰的人来了》。
1941年　写完自传体剧本《进入黑夜的漫长旅程》，这是一部现实主义的作品，但又使用了大量象征主义创作手法。
1943年　完成《进入黑夜的漫长旅程》的续集《月照不幸人》。
1946年　戏剧《送冰的人来了》上演，打破了他自1934年以来在美国剧坛上的沉寂状态。
1947年　戏剧《月照不幸人》上演。
1953年　11月27日，逝世于波士顿。
1956年　戏剧《进入黑夜的漫长旅程》在瑞典首次上演，并于1957年第四次获得普利策奖。
1957年　戏剧《诗人的气质》上演。
1962年　戏剧《更多的堂皇住宅》上演。

附录二 诺贝尔文学奖大系书目

1901 年　　苏利·普吕多姆（法国）　《孤独与沉思》
1902 年　　特奥多尔·蒙森（德国）　《罗马史》
1903 年　　比昂斯滕·比昂松（挪威）　《挑战的手套》
1904 年　　何塞·埃切加赖（西班牙）　《伟大的牵线人》
1904 年　　弗雷德里克·米斯特拉尔（法国）　《米赫尔》
1905 年　　亨利克·显克微支（波兰）　《你往何处去》
1906 年　　乔苏埃·卡尔杜齐（意大利）　《青春的诗》
1907 年　　拉迪亚德·吉卜林（英国）　《丛林故事》
1908 年　　鲁道夫·奥伊肯（德国）　《人生的意义与价值》
1909 年　　拉格洛夫（瑞典）　《尼尔斯骑鹅旅行记》
1910 年　　保尔·海泽（德国）　《骄傲的姑娘》
1911 年　　梅特林克（比利时）　《青鸟》
1912 年　　霍普特曼（德国）　《织工》
1913 年　　泰戈尔（印度）　《新月集·飞鸟集》
1915 年　　罗曼·罗兰（法国）　《约翰·克利斯朵夫》
1916 年　　海顿斯坦姆（瑞典）　《查理国王的人马》
1917 年　　彭托皮丹（丹麦）　《天国》
1917 年　　耶勒鲁普（丹麦）　《明娜》
1919 年　　卡尔·施皮特勒（瑞士）　《伊玛果》
1920 年　　汉姆生（挪威）　《大地的成长》
1921 年　　法朗士（法国）　《泰绮思》
1922 年　　贝纳文特（西班牙）　《不该爱的女人》

1923 年　　叶芝（爱尔兰）　　《当你老了》

1924 年　　莱蒙特（波兰）　　《农夫》

1925 年　　萧伯纳（爱尔兰）　　《圣女贞德》

1926 年　　黛莱达（意大利）　　《邪恶之路》

1927 年　　亨利·柏格森（法国）　　《创造进化论》

1928 年　　温塞特（挪威）　　《新娘·女主人·十字架》

1929 年　　托马斯·曼（德国）　　《布登勃洛克一家》

1930 年　　辛克莱·刘易斯（美国）　　《巴比特》

1931 年　　埃里克·卡尔费尔德（瑞典）　　《荒原与爱情》

1932 年　　约翰·高尔斯华绥（英国）　　《福尔赛世家》

1933 年　　伊凡·亚历克塞维奇·蒲宁（俄罗斯）　　《阿尔谢尼耶夫的一生》

1934 年　　路易吉·皮兰德娄（意大利）　　《六个寻找剧作家的角色》

1936 年　　尤金·奥尼尔（美国）　　《进入黑夜的漫长旅程》

1937 年　　马丁·杜·加尔（法国）　　《蒂博一家》

1944 年　　约翰内斯·延森（丹麦）　　《希默兰的故事》

1945 年　　加夫列拉·米斯特拉尔（智利）　　《葡萄压榨机》

1946 年　　赫尔曼·黑塞（瑞士）　　《荒原狼》

1947 年　　安德烈·纪德（法国）　　《窄门》

1949 年　　威廉·福克纳（美国）　　《喧哗与骚动》

1954 年　　海明威（美国）　　《永别了，武器》

1956 年　　希梅内斯（西班牙）　　《小毛驴与我》

1957 年　　加缪（法国）　　《局外人》

1958 年　　帕斯捷尔纳克（苏联）　　《日瓦戈医生》